마령의 세계

최상희
장편소설

마령의 세계

창비

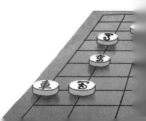

3부 **세계의 끝, 마령의 포진**

꿈

캄캄한 숲에서 잠이 깼다. 사방은 고요하고 별 하나 보이지 않는다.

한기가 느껴진다. 어둠 속으로 손을 내밀어 보지만 차가운 공기만 손가락 사이로 빠져나갔다. 멀리서 늑대 우는 소리가 들린다. 새끼를 잃은 여우의 울음소리인지도 모른다. 두렵게 하기보다는 외롭게 들리는 소리였다.

다시 손을 내밀어 본다. 손에 잡히는 것이 있다. 따뜻하고 부드러운 것. 나지막한 숨소리가 들려온다. 나는 안심하고 잠이 든다.

그런 꿈을 밤마다 꾸었다.

1부

친구 혹은
적일지도 모를

결계

나는 마녀의 딸이다. 이름은 마령. 도시 외곽, 집이 드물어지고 초록이 무성해지다 그대로 숲으로 이어지는 경계 부분에 산다.

내가 사는 집은 외가 대대로 내려온 집으로, 현재 소유주는 내 외할머니다. 몹시 낡아 여기저기 손볼 곳투성이다. 제일 심각한 건 지붕이다. 경사가 가파른 삼각 지붕에 암탉 모양 피뢰침이 달려 있지만 두 번이나 벼락을 맞아서 지붕 절반이 날아가 버렸다. 덕분에 장마철이면 2층 복도 사방에 냄비와 그릇을 놔두어야 한다. 기분이 괜찮은 날엔 냄비에 떨어지는 빗방울 소리가 제법 운치 있게 들릴 수도 있다. 하지만 그런 기분은 좀처럼 들지 않는다.

집은 이상스러우리만치 높아, 멀리서 보면 마치 불시착한 로켓처럼 보인다. 동네 사람들이 내 뒤에서 성에 사는 아이라고 수군거리는 소리를 들은 적 있다. 당치 않다. 아무리 좋게 봐줘도 그 정도는 아니다.

널찍한 마당 가운데에는 사과나무가 한 그루 서 있다. 내가 태어났을 때 심었다고 한다. 나와 함께 자란 열일곱 난 나무는 몇 해째 잎도 꽃도 나지 않고 열매도 맺지 않는다. 거멓게 마른 나무를 중심으로 호쾌하게 자라난 잡초가 온 마당으로 뻗어 밀림처럼 집을 호위하고 있다. 밀림 속에서 무슨 일이 벌어지는지 나는 별로 알고 싶지 않다.

집에 방은 서른 개쯤 된다. 몇 개인지 정확히 알지 못한다. 간혹 있던 방이 사라지기도 하고 새로 생기기도 하기 때문이다. 이유는 모른다. 설계도를 찾으려고 할머니 방과 2층 다락에 쌓인 잡동사니를 여러 번 뒤져 봤지만 발견하지 못했다. 애초에 설계도 같은 게 있었을까 싶다. 상상력은 풍부하나 그 상상력을 구현할 기술이 부족한 이가 얼렁뚱땅 지은 집 같다. 아마도 내 먼 조상 얘기일 것이다.

전체적으로 어수선한 집에 나는 동생 마루와 함께 산다. 마루는 나보다 세 살 아래로, 떡볶이를 아주 좋아한다. 사 먹기보다 만들어 먹기를 즐겨서 집에 늘 매운 냄새가 배어 있다. 그리고 만옥이가 있다. 만옥이는 호박색 눈에 온몸에 부스스한 검은 털을 두른 고양이로, 거실 소파에서 종일 잔다. 쥐를 잡은 적은 단 한 번도 없다.

할머니는 오래전에 집을 떠난 뒤 소식이 없다. 죽기 전에 멀리 사는 친구들을 만나고 온다며 떠났다고 한다. 내가 아주 어릴 적이었다. 이젠 할머니 얼굴도 어렴풋하지만, 드문드문 떠오르는 기억은 있다. 할머니는 마루와 나를 무척 예뻐했다. 그것만은 확실하다. 마당의 사과나무는 할머니가 심었다. 현재 상태로 보면 과연 탄생 기념수로 적당했는지 상당히 미심쩍지만, 손녀의 건강과 장수를 빌며 심었을 것이다. 마루가 태어났을 때는 할머니가 나무 심을 경황이 없었다. 특별한 주술을 걸어야 했기 때문이다. 몸이 약했던 마루에게는 할머니의 주술이 탄생목보다 요긴했다.

언젠가 마루와 내가 이 집을 물려받게 될 것이다. 아마 그럴 것이다. 분명한 건 물려받을 게 이 집만은 아니라는 거다.

나는 아침이면 방마다 결계를 친다. 결계 치기는 내가 엄마로부터 전수받은 유일한 기술이자 매우 중요한 임무다. 방 안에 흉악한 놈들이 갇혀 있기 때문이다. 내 외가 여자들이 수 세대 동안 목숨을 걸고 잡은 괴물들이다.

얼마나 포악한 놈들인지, 어떻게 생겼는지, 그 수가 얼마나 되는지 나는 모른다. 괴물을 볼 일이 없었기 때문이다. 놈들은 잠긴 문밖으로 한 번도 나온 적 없다. 소리는 늘 들린다. 방 안을 걷는 발소리, 벽과 천장을 타고 오르는 수상한 기척, 음산한 중얼거림, 문을 두드리거나 발로 차는 요란한 소리.

매우 성가신 놈들이다. 어떻게 생겼는지 모르지만 친해지고 싶게 생기지는 않았을 것이다. 간혹 문틈으로 놈들의 그림자가 비치는데, 그림자만 봐도 오싹해진다. 놈들은 달이 기울기 시작하면 사나워져 그믐에는 굉장히 난폭해진다. 방마다 울부짖는 소리가 새어 나오고 요란법석에 집이 흔들릴 정도다. 그래 봐야 나는 눈 하나 깜짝 않는다. 내가 치는 결계는 아주 강력하고 단단하다.

마루와 나는 밤마다 따끈하게 데운 우유를 한 컵씩 마시고 잔다. 따뜻한 우유가 수면을 유도한다고 어디서 들은 적 있다. 나는 잠을 잘 자지 못한다. 하지만 우유는 잠드는 데 별로 효험이 없는 것 같다. 당연하다. 우유가 효험이 있다면 왜 수면제 같은 것이 필요하겠는가. 나는 밤새 뒤척이다 새벽녘에야 잠이 든다. 잠은 늘 부족하다.

결계는 하루 동안만 효력이 있다. 그래서 매일 아침 같은 시간에 결계를 쳐야만 한다. 주말이나 방학이라고 괴물들이 내게 친절을 베풀 리 없다. 나는 반쯤은 잠에 취해 돌아다니며 방마다 결계를 친다. 그러지 않으면 어떤 일이 벌어질지 알 수 없다. 확실한 건 좋은 일이 생기지는 않으리라는 거다.

결계를 친 다음, 나는 마루와 함께 서둘러 학교에 간다. 집에서 버스 타는 곳까지 걸어서 삼십 분쯤, 그리고 버스로 학교까지 다시 삼십 분쯤 걸린다. 일찌감치 집에서 나오는데도 늘 아슬아슬하게 버스를 잡아탄다. 마루가 눈에 보이는 오만 것과 인사를 나누기 때문이다. 며칠 전에는 새 한 마리가 다급하게 날아와 귀가 아플 정도로 울어 댔다. 마루가 내게 전해 준 얘기로는 새끼 한 마리가 둥지에서 떨어졌다고 했다. 우리는 새를 따라 길을 되돌아가 숲 근처까지 가야만 했다. 바닥에서 떨고 있던 아기 새는 겁에 질리긴 했지만 다행히 무사했다. 둥지는 까마득히 높은 나무 꼭대기에 있었다. 교복을 입고 나무에 오르자니 상당히 번거로웠지만, 마루와 새의 응원에 가까스로 둥지에 닿을 수 있었다. 덕분에 버스를 타려고 죽어라 뛰어야만 했다.

버스를 놓칠까 봐 심장이 튀어나올 정도로 달리고, 가까스로 탄 버스에서 노랗게 멀미가 날 때까지 흔들리는 건 심신 단련에 그만이다. 종아리는 두꺼워지고 심장 근육이 튼튼해지며 폐활량이 증가한다. 특히 분노를 키우는 데 매우 효과적이다. 아침부터 푹푹 찌는 여름과 눈 온 뒤 땅이 얼어붙는 겨울이면 분노는 열 배쯤 상승한다. 분노는 때론 힘의 원천이 된다. 어디에 쓸지 몰라도 힘은 일단 비축해 두는 게 좋다.

하루 이틀 일도 아니니 이제는 습관이 됐다. 습관이 됐다고 좋다는 얘기는 아니다. 결계 치는 법 따위 고1에게는 아무 필요 없다. 필요한 건 따로 있다. 바로 자동차와 운전면허증. 허락되지 않은 두 가지가 내겐 절실하다. 나이가 어리다는 이유로 안 되는 일이 너무 많다. 사는 게 여간 팍팍한 일이 아니다.

흉측한 괴물을 맡겼으면 최소한 마법 빗자루나 지팡이라도 하나 쥐여 줘야 했다. 마녀라면 그런 것 하나는 다들 가지고 있다. 영화에서는 그랬다. 영화와 현실이 다르다는 걸 나도 모르지는 않는다.

동아리

햇살이 복도 깊숙이 스며 있었다. 수업이 끝나자마자 아이들이 썰물처럼 빠져나간 학교는 고요했다. 앞장선 긴 그림자가 멈춰섰다. 막다른 벽. 3층 복도 끝이다.

교실 문을 열자 안에 있던 네 사람이 일제히 나를 향해 고개를 돌렸다. 명리, 묘주, 이랑과 능이.

어이, 마령, 오늘은 좀 늦었네, 하는 눈빛이었다.

"담임이 불러서."

넷의 고개는 이미 원래 위치로 돌아갔고 내 말은 허공을 떠돌았다.

담임에게 불려 간 건 상담 때문이었다. 학기 초면 의례적으로 한 번씩 하는 상담. 담임은 심오한 표정으로 1학기 성적표를 들여다보다 심드렁한 목소리로 그래, 원하는 대학은 있고? 물었다. 성적표에게 물은 건가 싶었다. 담임의 눈은 성적표에 고정되어 있었다. 나는 아직 잘 모르겠다고 대답했다. 담임이 고개를 끄덕이더니 말했다. 열심히 하자. 상담이 끝났다는 걸 나는 알았다. 어차피 담임의 관심은 상위 1%에 한정되어 있고 나는 거기에 해당하지 않았다. 나는 공손한 걸음으로 교무실에서 나와 부리나케 이 교실로 달려왔다.

교실 안은 조용하다 못해 적막감이 돌았다. 네 사람 모두 무서울 정도로 집중하고 있다. 조금씩 조금씩 숨을 불어 넣어 팽창해 막 터지기 직전의 풍선 같다. 나는 풍선에 바늘을 살짝 찔러 넣었다.

"사방이 가로막힌 한 마리 외로운 늑대로다."

"시끄럽다, 마령."

이랑이 팔짱을 낀 채 통명스럽게 대꾸했다.

고개를 숙이고 있어 안 보이지만 분명 짙은 눈썹을 잔뜩 찌푸리고 있을 것이다. 이랑은 나와 같은 반이다. 하지만 이랑과 말을 나누는 건 이 교실에서뿐이다. 일부러 그러는 건 아니다. 평소에는 얘기할 일이 없기 때문이다.

"사방을 좀 살피라고. 어떻게 직진밖에 모르냐, 너는."

"너야말로 규칙도 모르냐?"

규칙을 어길 생각은 조금도 없다. 단지 삶의 지혜를 전수해 주고 싶었을 뿐.

훈수를 두지 않는다, 그것이 이곳의 규칙이다. 3층 복도 끝, 해가 잘 들지 않는 이 어둑한 교실은 장기 동아리방이다.

이랑과 묘주가 장기판을 가운데 두고 한판 대결 중이었다. 명리와 능이는 조용히 승부를 지켜보고 있다. 동아리 회원 모두, 한 명도 빠지지 않고 모였다.

장기 동아리. 이 고색창연한 동아리는 올해 내가 입학하면서 생겼다. 장기 동아리는 개교 후 최초라고 했다. 동아리 활동을 적극 권장한다는 게 학교의 방침이었다. 새 동아리를 만드는 절차도 비교적 간단했다. 아무리 이상한 활동이라고 해도, 예를 들면 장기 같은 것이라도 계획서를 성실히 작성하고 참가 희망 인원이 세 명만 넘으면 동아리를 만들 수 있다. 하지만 실제로 새로 만들어지는 동아리는 거의 없었다. 쓸데없는 수고를 굳이 하려는 바보는 다행히 드물었다.

장기 동아리는 별다른 관심을 받지 않고 시작되었지만 매우 열정적으로 운영되고 있다. 회원들은 동아리 시간도 모자라 매일 수업이 끝나면 동아리방에 모여 장기를 뒀다. 동아리방은 남는 책걸상을 쌓아 두는 창고로 쓰이던 교실이었는데, 동아리 회원들의 열성에 탄복한 담당 교사가 방과 후에 마음껏 쓰게 해 주었다.

나는 장기판을 살폈다. 게임은 거의 막바지였다. 남은 말을 보면 푸른색 말, 초나라 쪽이 우세했다. 초의 차(車)가 한나라 궁성 바로 앞에서 왕을 노리고 있었다. 초의 포(包)와 마(馬)가 하나씩 건재했고 차와 사(士)는 두 개 모두 고스란히 남아 있다. 다만 졸

(卒)이 하나뿐이었다. 초반에 졸을 내주고 상대방 말들을 잡은 모양이다. 이에 반해 한나라의 붉은색 말은 포와 상(象)과 사가 하나씩 남았고 병(兵)이 셋 살았다. 초반에 차 두 개를 모두 내준 걸까.

이랑이 푸른색, 묘주가 붉은색 말을 잡고 있었다. 의외다. 묘주는 이랑보다 한 수 위였다. 묘주에게 실수가 있었다면 그 또한 의외였다. 묘주는 실수가 좀처럼 없다.

이랑은 늘 그렇듯이 초반부터 정신없이 밀어붙였을 것이다. 그 기세에 휩쓸려 나는 어이없이 이랑에게 판을 내주곤 했다. 그러나 묘주는 달랐다. 묘주는 흔들림 없이 차분하게 막아 내어 도리어 이랑이 제 페이스를 잃고 나가떨어지게 했다. 이번엔 묘주 역시 말려들고 만 것 같다.

짐작대로 이랑의 차가 궁성을 호위하던 묘주의 사를 잡았다. 왕이 위태로워졌다. 이대로 끝나는 건가.

묘주가 손을 내밀어 말을 잡았다. 그 순간 지켜보던 명리의 입꼬리가 올라가고 능이의 눈에 설핏 웃음이 어렸다. 묘주의 포가 이랑의 마를 타고 넘어 차를 잡았다. 이랑의 입에서 소리 없는 탄식이 흘러나왔다.

이랑은 순발력이 뛰어나다. 바꿔 말하면, 당장 해결해야 할 눈앞의 문제에 집중한다는 뜻이다. 그에 반해 묘주는 전체 흐름을 읽는다. 당장은 내주더라도 조용히 기다려 결정적인 순간에 판의 흐름을 단숨에 바꿔 상대방의 숨통을 쥔다. 바로 이런 순간이다. 묘주는 순식간에 병을 적의 궁성 안에 진입시켰다. 이랑은 미처 내다보지 못했다. 자신의 수만 보고 상대의 수를 읽지 못한 탓이다. 이제 판세는 바뀌었다.

장기를 둘 때는 시야가 넓어야 한다. 전반적인 모양을 살펴 말을 움직여야 한다. 그뿐만 아니라 시시각각 상대의 움직임을 살펴 의도를 파악하고 새로운 전략을 세워야 한다. 즉 공간과 시간을 동시에 볼 수 있어야 하는 것이다. 상대편의 작전을 간파하고 나의 전략은 은폐한다. 몇 수 앞을 내다보고 길을 열어 상대를 유인한다. 이기기 전까지는 한 수도 방심해서는 안 된다. 이런 수 싸움이 바로 장기의 묘미다.

이랑이 왕을 지키기 위해 다급히 남은 차를 불러들이지만 한발 늦었다. 이제 묘주의 말들은 펄펄 뛰고 날아다닌다. 어느 것이나 부름을 받자마자 맹렬하게 진격할 준비가 되어 있다. 묘주가 장기판 위로 손을 뻗는다. 나는 묘주가 옮길 말에 눈을 둔다. 아마도 포로 승부의 쐐기를 박을 것이다.

하지만 내 예상은 이번에도 빗나간다. 묘주는 병을 한 칸 전진시킨다. 묘주의 병을 피해 이랑의 왕이 뒤로 한 칸 물러났다. 묘주는 주저 없이 가장자리의 병을 또 한 칸 전진시켰다. 묘주의 병이 이랑의 왕과 같은 줄에 섰다.

"장군."

묘주가 침착한 표정으로 말했다. 이랑의 눈썹이 꿈틀했다.

이랑의 왕이 파르르 떠는 것이 느껴진다. 이랑의 말들은 더는 움직이지 못한다. 차도 포도 살아 있지만 무력하기만 하다. 어이없게도 상대의 졸개에게 궁성이 힘없이 무너지고 말았다. 왕은 더 살 수 없다.

"외통수네."

능이가 차를 한 모금 마신 뒤 느긋이 말했다.

"맞네, 외통."

명리가 손바닥을 짝 소리 나게 마주치고 까르르 웃었다.

장군을 불러 상대편 왕이 피할 곳 없도록 꼼짝 못 하게 만드는 것, 그것이 외통수다.

"집중 좀 하자."

이랑이 고집을 피우며 버텼다. 하지만 이랑도 알고 있다. 더는 수가 없다. 이랑에게 남은 수가 있다면 깨끗한 승복뿐이다.

결국 이랑이 패배를 인정했다. 묘주와 이랑은 서로를 향해 정중히 고개를 숙였다. 싸움이 끝났다.

광인들

"졸을 너무 일찍 죽였어."

명리가 패인을 분석했다.

"고수는 졸을 무시하지 않는 법이지."

"그래, 나 같은 하수가 뭘 알겠냐."

심드렁하게 대꾸했지만 이랑의 눈썹은 잔뜩 구겨져 있었다.

"고수께서 한 수 가르쳐 주시든가."

"어, 일단 스케줄 체크 좀 하고."

명리가 이랑에게 대답하고 킥킥 웃었다.

능이가 새로 차를 끓이기 위해 일어났다. 능이가 앉았던 자리에 하얀 부스러기가 흩어져 있었다. 나는 부스러기를 주워 살며시 문질렀다. 부스러기는 이내 가루가 되었다. 손끝에 희미하게 나무 향이 묻어났다.

조용히 차향이 퍼졌다. 비 오는 숲 안쪽에서 피어오르는 안개 냄새 같다. 차는 능이의 할아버지가 직접 재배해 덖은 것이었다. 능이의 할아버지는 남쪽 끝, 바다가 내려다보이는 산 위에 산다고 했다. 명리에게 들은 얘기였다. 해리포터에게 헤드위그가 있다면 내게는 명리가 있다.

묘주는 다섯 자매 중 둘째인데 막내 쌍둥이 둘은 묘주와 닮지 않아 상당히 귀여운 편이라는 둥, 이랑은 채소를 싫어하고 특히 무는 혐오하는데 그 이유가 어릴 때 무를 먹다 이가 빠진 적이 있어서라는 둥, 반면 능이는 급식에 나온 고기반찬을 거의 그대로 남긴다는 둥, 시시콜콜한 이야기들을 내게 물어다 주는 소식통이 바로 명리였다. 물론 아무짝에도 쓸모없는 이야기들이었고 나는 명리와 그런 이야기를 나누는 게 좋았다. 세상의 재미란 바로 그런 쓸모없는 일을 하는 데서 오는 법이었다. 이를테면 장기 같은 것 말이다. 장기로 말하자면 쓸모없기론 어디에도 뒤지지 않는다.

장기는 상당히 고전적인 게임이다. 좋게 말해 고전적이지, 여러모로 고리타분한 쪽에 가깝다. 우선 장기 말에 한자가 쓰여 있는 것부터가 그렇다. 글씨체마저 고풍스럽기 짝이 없다.

장기는 초와 한, 두 나라의 전쟁이다. 두 사람이 각 16개의 말을 가로 10줄, 세로 9줄로 그려진 선 위에서 움직여 상대의 왕을 먼저 잡으면 이긴다. 게임을 하려면 몇 가지 규칙을 숙지해야 한다. 왕부터 사, 차, 포, 마, 상, 졸까지, 각 말의 특징과 쓰임을 알아야 하고 말의 대형을 갖추는 포진도 익혀야 한다.

그게 다가 아니다. 실전에 들어가면 수와 전술은 무궁무진해서 초보자가 게임에 익숙해지고 재미를 느끼기까지는 상당한 시간과 참을성이 요구된다. 보통은 여기까지 발을 들이지 않는다. 세상에는 재미있는 것들이 얼마든지 널렸기 때문이다. 그럼에도 불구하고 설명할 수 없는 불가항력으로 장기의 세계에 빠져 버렸다면 그걸로 끝이다. 밤에 자려고 눈을 감으면 눈앞에 장기판이 그려지고, 차와 포가 달리며 상과 마가 날뛴다. 길을 가다가도 횡단보도 앞에 서 있는 사람들이 모두 장기 말로 보여 옮기고 싶은 충동에 시달린다. 바닥없는 수렁, 출구 없는 블랙홀에 갇힌 꼴이 되기 십상이다.

묘한 게임이다. 무엇보다 묘한 건 왕이다. 왕은 고작 사방 두 칸짜리 궁성 안을 벗어나지 못한다. 거의 무력하다시피 해서 심지어 상대방 병졸의 공격에 맥없이 무너지기도 한다. 나는 이 점이 장기의 가장 고리타분하면서도 흥미로운 점이라고 생각한다. 무기력한 왕과 왕을 비호하는 군대. 싸우는 이유는 오직 하나, 왕을 지키기 위해서다. 공격하고 수비한다. 먹히고 먹는다. 한 번 움직인 말은 무를 수 없다. 인생을 장기판에 비유하는 사람이 있다면, 그는 인생은 몰라도 장기는 좀 아는 사람일 거다.

장기가 인생을 닮았다면 번번이 예측을 벗어나기 때문일 것이다. 장기판의 말들처럼 인생이란 종잡을 수가 없다. 내가 이렇게 방과 후 장기 동아리방에 앉아 있는 것만 봐도 그렇다.

　각자 찻잔을 들고 나란히 창을 향해 앉았다. 두꺼운 커튼을 걷자 희미한 햇살이 바닥에 닿아 어룽어룽 찻물 같은 무늬를 만들었다. 나는 차 맛은 잘 모른다. 대체로 쓰고 떫지만 능이가 지극정성으로 끓여 주기에 열심히 마셨다. 명리의 찻잔이 좀처럼 비워지지 않는 걸 보면 명리도 의리로 마시는 것 같다. 우리에게 의리 같은 것이 있다면 말이다.

　"천체부에서는 축제 때 뭐 해?"

　명리가 내게 물었다.

　그렇다. 나는 천체 과학부다. 우주와 별을 탐구하는 동아리. 모름지기 마녀는 우주의 질서를 이해하고 하늘의 움직임을 읽을 줄 알아야 하는 법이다.

　아마 그럴 거다. 아직은 터득하지 못했다. 내 탓이 아니다. 과학실의 천체 망원경은 선배들이 재작년에 망가뜨렸고, 학교는 동아리 활동을 권장하지만 지원에는 인색했다. 동아리 시간에는 주로 영화와 다큐멘터리를 많이 봤다. 우주에 관한 것만 주야장천 본다는 점만 빼면 영화 동아리라 해도 무방했다.

　"과학실에서 종일 영화를 틀 거야. 「인터스텔라」 「그래비티」 「마션」 「컨택트」 그런 영화들. 뭐, 보고 싶은 영화 있어? 추천하면 내가 리스트에 올려 줄게."

　"우린 바쁠 거야."

이랑은 에둘러 거절하는 법을 모른다.

"아, 그래? 뭐 할 건데?"

"종일 여기서 장기 둘 거야."

굳이 축제 아니라도 매일 하는 것 아니냐는 말이 목구멍까지 치밀었다.

"축제 날 하루 동아리방을 오픈할 거래. 위다솔 선생님이."

묘주가 마뜩잖은 표정으로 말했다. 위다솔 선생님은 장기 동아리 담당 교사였다.

"이왕 오픈하는 김에 이것저것 해 보면 어때? 거, 뭐냐, 장기 두는 걸 보여 주며 해설 같은 것도 곁들이는거야. 장기 대국 중계방송을 눈앞에서 보는 거랄까. 진짜 흥미진진하지 않겠냐? 원하는 사람한테는 장기도 가르쳐 주고 말이야."

명리가 눈을 빛내며 말했다.

"그건 좀."

이랑이 명리의 말을 단숨에 잘랐다.

"전자레인지 사용법 가르쳐 주는 것과는 다르니까."

"그러다 좋아하게 되면 꽤 곤란하지."

묘주가 조용히 덧붙였다.

동감, 모두 묘주의 말에 동감하는 표정이었다.

그렇다. 이 눈먼 장기 광인들이 간절히 원하는 건 자신들의 성에 아무도 얼씬거리지 않는 것이었다. 괜한 걱정이란 말이 치미는 걸 이번에도 가까스로 참았다.

"마령, 너도 축제 날 여기 와서 장기 두는 게 어때?"

묘주가 나직한 음성으로 말하고 내 눈을 물끄러미 들여다봤다.

맑고 연한 갈색 눈동자. 너무 투명하다. 빨려들 것 같다. 나도 모르게 그래, 하고 대답할 뻔했다.

"하지만 나는 아무래도 천체 과학부니까."

가까스로 방어에 성공했다.

"천체 과학부가 왜 여기엔 매일 오는데?"

이랑이 씩 웃으며 말했다.

나는 상대방의 수를 헤아려 보려 한다. 상대의 수에는 반드시 의도가 있다. 원하는 대답을 나는 내주지 않는다.

"그럼 너희는 왜 여기 있는데?"

영문 모를 소리라는 듯, 네 사람은 빙긋 웃기만 했다. 누군가 분명 내 질문의 뜻을 알아챘을 것이다. 어쩌면 모두.

순찰

　밤에 마루와 함께 집 근처를 돌았다. 마루가 며칠 동안 개가 안 보인다고 했기 때문이다. 우리가 기르는 개는 아니다. 하지만 매일 아침 마루가 마당에 먹이를 놔두면 먹고 갔다. 그런 식으로 이 집 저 집 떠돌아다니는 개였다. 이름은 없거나 여럿일 것이다. 마루가 지어 준 이름은 코코다.

　개가 어떻게 마당에 들어오는지 모르겠다. 대문은 늘 잠겨 있고 벽돌로 쌓은 담은 매우 높고 튼튼하다. 우리 집에서 그나마 가장 멀쩡한 게 담이다. 드나드는 구멍이라도 있나 해서 담 아래 땅을 살폈지만 흔적은 없었다. 요술 빗자루나 지팡이가 있는 개인지도 모르겠다.

　꽤 나이가 많은 개였다. 할머니가 집을 떠나기 전부터 드나들곤 했다. 그때는 높은 돌담이 아닌 나무 울타리로 둘러싸여 있었다.

경계를 짓는 것 외에는 아무 의미도 없는 울타리였다. 경계를 넘는 건 해를 끼치지 않는 작은 짐승들뿐이었다.

할머니가 집을 떠난 뒤, 엄마는 돌로 높고 두꺼운 담을 쌓았다. 엄마는 무언가가 두려워졌던 것 같다. 그것이 뭔지 나는 모른다.

"오늘로 일주일째야."

마루가 고스란히 먹이가 남아 있는 밥그릇을 치웠다.

"좋은 주인에게 입양됐을지도 모르지."

그럴 리 없다는 걸 알면서도 나는 말했다. 늙고 초라한 몰골의 개는 동정이나 연민보다는 혐오감을 불러일으킨다. 나이가 많으니 어딘가 맞춤한 자리를 찾아 죽었을지도 모른다. 다른 가능성도 아주 많다. 길 위에 사는 동물들에게는 위험한 것투성이다. 더 이상은 상상하고 싶지 않았다.

손전등을 들고 버스 타는 곳까지 나가 봤지만 개는 보이지 않았다. 마루는 숲까지 가 보고 싶은 눈치였다. 나는 내키지 않았다. 보름달이 뜨는 밤이었다. 보름달은 흐름을 바꿔 놓는다. 그믐에는 악의 기운이 강해지지만 보름달 아래서는 정확히 무슨 일이 일어나는지 나는 모른다. 커다란 에너지가 발생하여 무질서와 혼돈이 시작된다는 게 내가 아는 전부다.

숲에 들어서자 노란 빛줄기가 어둠을 갈랐다. 어두운 숲 안쪽이 수런거렸다. 손전등 불빛이 닿는 곳마다 요란한 소리가 났다. 불청객들의 등장에 놀란 작은 짐승들이 재빨리 달아났다. 후드득,

후드득. 공포가 이곳저곳에서 떨어져 내렸다. 낯선 이들의 등장을 알리는 새 소리가 날카롭게 숲속에 울려 퍼졌다.

나는 마루의 손을 꼭 잡았다.

"언니, 무서워?"

무섭진 않다. 염려스러울 뿐이다. 숲 안쪽에서 벌어지는 일들을 마루는 짐작조차 못 할 것이다.

"코코, 코코!"

개를 부르는 마루의 목소리가 울창한 나무 사이를 휘휘 돌아다녔다. 대답 대신 부우우, 하고 음울한 새 울음소리만 들려왔다.

언덕에 올라 골짜기 아래를 살폈다. 파도처럼 펼쳐진 나무 위로 달빛이 흩뿌려져 있다. 생명을 지닌 것들은 어둠 속에 숨었다. 나는 쌍안경을 눈에 대고 유심히 숲을 들여다보았다. 어둑한 숲 그 아래 더 어두운 그림자가 보일 뿐이었다.

"뭐가 보여, 언니?"

나는 쌍안경을 마루에게 넘겨주었다. 마루는 쌍안경으로 한참을 굽어보다 고개를 들었다.

"달이 아주 가까이 있어."

나도 하늘을 향해 고개를 들었다. 달이 크고 밝았다. 멀리서 개 짖는 소리가 들려왔다.

"코코?"

마루가 소리에 귀를 기울였다. 아니, 개 짖는 소리는 아니었다.

개보다 크고 사나운 짐승. 나는 상상하지 않으려 노력했다. 더 늦기 전에 숲을 빠져나왔다.

집에 돌아오니 현관 앞에 죽은 쥐가 한 마리 놓여 있었다. 만옥이는 아니었다. 만옥이는 여느 때처럼 거실 소파에서 자고 있었다. 만옥이는 절대 쥐를 잡지 않는다.

쥐를 치우기 전에 잠시 살펴봤다. 별다른 점은 없는 것 같아 마당 한쪽에 던졌다.

나는 1층과 2층 복도를 둘러보며 차례차례 방을 지났다. 유달리 조용했다. 문가에 귀를 대 보았지만 아무 기척도 느껴지지 않았다. 흠흠, 하고 부러 헛기침 소리를 내 봤다.

"한번 열어 보고 싶지?"

기다렸다는 듯이 안에서 소리가 들려왔다.

"글쎄, 별로."

"연다고 별일 있겠어? 살짝 열어 보기만 하는 거야."

"아, 설득당할 뻔했어."

"건방진 것. 넌 정말 구제 불능이야. 태어날 때부터 그랬지. 얼마나 못생기고 못된 아이였는지. 넌 종일 울고 똥이나 싸는 아무 짝에도 쓸모없는 애였어."

"좋은 정보 고마워."

"내가 여기서 나가면 당장 네 숨통부터 끊을 거야. 아니, 그건 너무 재미없지. 너도 똑같이 당해 봐야지. 널 방 안에 처넣고 서서

히 죽여 줄 거야. 두 눈을 뽑고 팔다리를 하나씩 떼어 낼 거야. 그
럼 넌 울면서 애원하겠지. 제발 단숨에 죽여 달라고. 눈물 콧물 질
질 짜며."

"일단 밖으로 나온 다음에 말씀하시지."

"가만 안 둬! 널 갈가리 찢어 놓을 거야!"

분노로 미쳐 버린 듯한 괴성이 터져 나왔다.

가.만.안.둘.거.야.

절규가 복도 끝까지 따라왔다. 방마다 문 두드리는 소리가 요란
하게 났다. 모든 것이 정상이었다.

불을 끄자 창으로 스며든 달빛이 복도를 조용히 비췄다. 불길한
그림자가 벽을 타고 어른거렸다. 잠시 달빛을 가린 구름일 뿐이
었다.

새벽에 침대에서 일어나 창밖을 내다보았다. 달의 반이 사라져
있었다. 부분 월식이 있는 날이었다. 보름달과 가려진 반달. 기울
고 차는 일이 하룻밤 사이에 일어난다. 숲에서 울부짖는 소리가
들려왔다.

이불을 끌어 올려 마루에게 덮어 주고 누웠다. 울부짖는 소리는
멈추지 않고 계속되었다. 두렵고 오싹한 울음소리는 어딘가 고독
하게 들렸다.

환상

마루는 한참 동안 창가를 떠나지 못했다. 오지 않는 개를 기다리는 마루의 표정이 어두웠다. 날씨마저 끄무레했다.

나는 아침을 차리기 시작했다. 토요일이니 이것저것 차려 냈다. 메이플시럽을 듬뿍 뿌린 팬케이크와 생크림을 잔뜩 올린 프렌치토스트, 양송이수프, 갓 구운 크루아상과 딸기잼에 직접 짠 오렌지주스도 곁들였다. 모두 마루가 좋아하는 음식이었다. 식탁을 둘러본 마루가 김밥과 잡채도 먹고 싶다고 해서 그것도 만들었다.

마루와 나는 잠옷 차림으로 식탁에 앉아 아침을 먹기 시작했다.

"맛있어. 팬케이크가 포근포근해."

마루가 속삭이듯 말했다. 말과 다른 표정. 오늘 아침은 환상이 큰 위력을 발휘하지 못한다. 나는 마루를 즐겁게 하는 몇 가지 마술을 할 수 있다. 모자에서 토끼를 꺼내는 것만큼 간단한 눈속임이다. 진짜는 아니다. 잠시 지속되는 환상일 뿐이다.

접시가 차례차례 비어 가지만 배는 조금도 부르지 않는다. 내 마술은 배를 채워 주지 못한다. 엄마는 달랐다. 엄마가 마법으로 차려 낸 음식을 먹고 우리는 살이 붙고 키가 컸다.

이른 아침, 엄마는 부엌 창을 활짝 열어젖힌다. 조용히 달그락 거리는 소리에 나는 이불을 박차고 부엌으로 달려간다. 식탁 위에서 버터가 부드럽게 녹고 있다. 엄마가 밀가루 봉지를 거꾸로 들어 훌훌 붓는다. 하얀 가루가 빛줄기 속에서 춤을 춘다.

부드러운 반죽을 섞고 주무르는 엄마의 손에는 리듬이 있다. 착착 차착. 하얗고 둥그런 밀가루 반죽은 집 안에서 볕이 가장 좋은 자리를 찾아 겨울 고양이처럼 몽실몽실 부풀어 오른다. 엄마는 부푼 반죽을 오븐에 넣고 팬에 기름을 두른다. 나는 토마토 세 개, 양상추 한 포기, 오이 두 개, 하고 중얼거리며 엄마의 주문대로 텃밭에서 수확한 것들을 안고 의기양양하게 부엌으로 돌아온다. 눈물 날 만큼 좋은 냄새가 집 안 가득 풍긴다. 빵이 다 구워졌다.

빵과 달걀과 채소, 숲에서 모은 열매로 만든 잼과 꿀까지 올리면 식탁은 가득 찬다. 할머니는 식탁을 보고 혀를 차곤 했는데 엄마가 마음만 먹으면 그 정도는 손가락 하나 까딱하지 않고 차릴 수 있기 때문이었다. 게다가 눈속임이 아닌, 맛이 생생히 느껴지고 먹으면 배가 부르고 몸에 영양분을 제공하는 진짜 음식이었다. 하지만 엄마는 늘 몸을 움직이고 시간을 들여 우리를 배불리 먹였다. 엄마의 마법은 진짜였다.

우리는 현실과 환상을 잘 구분하지 못했다. 동물들이 말을 하고, 마녀가 요술 빗자루를 타고 하늘을 날고, 요정이 침대 밑에 양말을 감추고, 옷장 속에서 사자가 튀어나오는 건 우리에게 늘 일어나는 일이었다. 비록 할머니와 엄마가 요술 빗자루를 타고 하늘을 나는 건 보지 못했지만 문 옆에 세워 둔 기다란 빗자루가 바닥을 쓰는 용도만은 아니리라 믿어 의심치 않았다. 우리는 굳이 동화책을 읽을 필요가 없었다.

그래도 나는 종종 마루에게 동화책을 읽어 줬다. 엄마가 내게 그랬듯이. 마루는 내가 읽어 주는 이야기에 귀를 기울였다. 왜 부엉이가 말을 하는지, 왜 옷장 속에 다른 세상으로 가는 통로가 있는지, 왜 다른 세상으로 간 아이들은 집으로 돌아오지 않는지 마루는 묻지 않았다. 터키 젤리가 어떤 맛인지 궁금해했을 뿐이다. 이야기를 들으며 마루는 안도한 얼굴로 익숙한 세상의 입구를 찾아냈다. 그리고 입구를 통해 환상의 세계로 뚜벅뚜벅 걸어 들어갔다.

환상은 아이에게 가장 좋은 친구다. 안으면 위로가 되는, 털이 부드럽고 귀여운 곰 인형처럼. 나도 그랬던 적이 있다. 하지만 곰 인형을 안는 것만으로 충분치 않은 날이 온다.

내가 할 수 있는 마술은 몇 안 되지만 나는 걱정하지 않는다. 어른은 환상이 필요없다. 마루도 언젠가 어른이 될 것이다.

아침 식사를 끝낸 뒤 마루는 떡볶이를 만들기 시작했다. 나는 결계를 치고 집을 나섰다. 출근 시간에 늦지 않으려면 뛰어야만 했다.

미래 요양원

나는 일주일에 두 번, 토요일과 일요일에 요양원에서 일한다. 아침 9시부터 오후 3시까지, 중간에 점심시간 한 시간 빼고 다섯 시간 근무다. 주 업무는 청소지만 내가 할 수 있는 일이면 이것저것 도왔다. 일이 좀 힘들기는 해도 보수가 좋다.

내겐 돈이 필요하다. 교복도 맞춰야 하고 급식비에 각종 공과금도 내야 한다. 떡볶이 재료도 사야 하고 종종 아이스크림도 사 먹어야 한다. 엄마 통장에 돈이 남아 있긴 하지만 다 써 버릴 수는 없다. 미래를 대비해야 하니까. 마루가 대학에 가고 싶어 할 수도 있다. 운전면허를 따고 차를 사는 것 외에 나는 내 미래에 대해서 아직 아무것도 결정하지 않았다.

좁은 산길을 한참 달린 버스에서 내리는 사람은 늘 나뿐이다. 요양원은 도심에서 벗어난 외진 곳에 있다. 우리 집과 정반대 방

향이다. 연한 분홍색으로 페인트칠된 요양원 건물은 멀리서 보면 케이크 상자 같다. 선명한 초록색으로 쓰인 병원 이름이 분홍색과 대비되어 눈에 잘 띄었다. 미래 요양원. 요양원에 머무는 이들의 대부분은 미래를 별로 생각하지 않긴 하지만.

요양원에 도착하자마자 옷을 갈아입고 마스크를 착용했다. 요양원에서 계약한 청소업체가 있지만 주말에는 출근하지 않는다. 쓸고 치우는 일이 주말이라고 사라지지는 않는다. 주말의 요양원은 늘 조용했다. 방문객은 드물게 찾아온다. 외진 이곳은 꼭 잊힌 장소 같다.

우선 6인실부터다. 휴지통을 비우고 바닥을 쓸고 닦는다. 내 인사를 받아 주는 입소자도 간혹 있지만 대개는 침대에 누워 천장만 바라보고 있다. 요양원 입소자 대부분은 노인들이다. 이곳에서 남은 미래를 보내게 될 것이다. 나는 아직 입소자들의 마지막 순간을 본 적 없다. 사람들은 대부분 밤에 죽는다고 들은 것 같다.

3인실을 청소하기 시작했을 때 요양 보호사가 와서 도움을 청했다. 점심시간이었다. 비교적 건강한 사람들은 식당에서 식사를 했지만 거동이 불편하거나 기력이 없는 사람들은 요양 보호사가 방에서 식사를 도왔다. 도와야 할 사람은 많고 일손은 부족했다.

나는 6인실의 할머니 식사를 도왔다. 밥을 떠먹이고 국을 떠서 입에 대어 주고 수건으로 입가를 닦는 걸 반복했다. 할머니가 입은 자주색 카디건에 얼룩덜룩한 자국이 있었다. 말라붙은 밥풀

몇 개를 카디건에서 떼어 냈다. 할머니는 밥을 거의 씹지 않고 넘겼다. 얼굴에는 표정이 없었다. 자신이 지금 무얼 하는지도 모르는 눈치였다. 그래도 밥은 남김없이 다 비웠다.

새 식판을 들고 옆 침대로 옮겨 앉았다. 무척 쇠약해 보이는 할머니는 눈을 꼭 감은 채 누워 입을 열지 않았다. 밥을 거부할 의지를 보인다면 아직 힘이 남아 있는 것이다. 나는 할머니 귓가에 속삭이기 시작했다. 작은 속임수. 해를 끼치지 않는 마법.

과거의 기억을 불러왔다. 이곳이 어딘지 잊고, 건강하고 삶의 의욕이 넘치며 지금보다 나은 미래가 있다고 생각했던 때로 돌아간 할머니는 밥을 받아먹기 시작했다.

나는 입소자들의 식사를 돕는 일이 싫지 않다. 이곳은 많은 생각을 하게 한다. 제일 많이 생각나는 건 내 할머니였다.

나는 가끔 밥투정을 했다. 딱히 밥이 먹기 싫은 건 아니었다. 이런저런 일로 심통이 났고 그걸 달래 줄 사람이 필요했다. 엄마에게는 어리광이 안 통했다. 먹기 싫다고 고집 피우는 건 할머니 앞에서뿐이었다.

할머니는 입을 꼭 다문 내 앞에 숟가락을 내밀며 말했다.

"이것 봐, 마령. 공룡, 공룡이다."

나는 입을 떡 벌렸고 어느 틈에 숟가락은 입속에 들어와 있었다.

할머니 뒤에는 티라노사우루스가 무시무시한 이빨을 드러낸 채 서 있었다. 때론 브라키오사우루스가 나를 굽어보고 벨로키랍

토르가 손을 흔들기도 했다. 내가 공룡에 푹 빠져 있을 때였다. 나는 포효하는 공룡에 넋을 뺏긴 채 밥 한 그릇을 다 먹었다. 할머니는 현명하고 참을성 있는 양육자였다. 그리고 위대한 마녀였다.

내력

외가는 대대로 마녀 집안이었다. 언제부터였는지는 모른다. 짐작하건대 선과 악이 존재할 무렵부터였다. 내가 아는 바로는 마녀는 선한 쪽도 악한 쪽도 아니다. 다만 인간에게 없는 능력을 지녔을 뿐이다.

마녀의 능력 중 하나는 앞날을 예견하는 것이다. 예견한 일에 관여할지는 마녀의 선택에 달렸다. 어떤 결과든 그것은 선택에 따른 대가였다. 마녀들은 인간 세상의 일에는 되도록 개입하지 않으려 했다. 선의였다 하더라도 사람들은 마녀의 개입을 달가워하지 않았다. 마녀의 악행은 두려워했다. 그래서 종종 마녀들은 사람들이 두려워하는 쪽을 택했다. 혐오당하는 것보다는 두려움을 사는 편이 나았기 때문이다.

능력은 여자들에게 이어졌다. 어머니로부터 받은 능력을 딸에게 물려줬다. 그 딸은 다시 딸에게 물려줬다. 딸이 어머니의 능력을 모두 전수받을 때까지 모녀가 함께 살았다. 전수가 끝나면 대개 딸은 어머니를 떠났지만 드물게 그러지 않기도 했다. 어떤 마녀들은 4대, 5대가 한집에 살기도 했다.

함께 살지만 혈연으로 맺어진 가족은 아니었다. 마녀는 아이를 낳지 않는다. 마녀가 아이를 낳는 건 금기였다. 아이를 낳은 마녀는 힘을 잃는다는 속설이 있었다. 그것이 속설인 이유는 아이를 낳은 마녀에 대해 알려진 바가 거의 없기 때문이다. 능력을 서서히 잃을 수도, 혹은 갑자기 모든 능력을 상실할 수도 있다. 그건 누구도 정확히 알지 못했다.

마녀는 적당한 때가 되면 자신의 능력을 전수할 아이를 선택해 입양했다. 아이를 입양하는 건 그다지 어렵지 않았다. 세상에는 제 아이를 버리는 부모가 얼마든지 있기 때문이다. 특히 여자아이는 더 쉽게 버려졌다.

할머니도 내 엄마를 입양했다. 엄마는 버려진 아이는 아니었다. 사고로 부모가 모두 갑자기 세상을 떠나 혼자 남게 되었다고 했다.

"아주 어두운 밤이었지. 약을 만들다가 투구꽃 뿌리가 부족해서 숲에 들어갔어. 그날따라 날이 무척 흐렸지 뭐냐. 짙은 구름이 달을 가려 숲속이 칠흑 같았어. 하지만 투구꽃 향기는 그런 날일수록 더 진해지거든. 꼭 기억해 둬라. 어둠 속에서 냄새는 멀리 간다는 것 말이야. 이내 투구꽃 무리를 찾아냈지. 마침 구름에서 달이 나와 달빛을 받은 꽃잎이 마치 환영하듯 손을 벌렸어. 나는 서둘러 뿌리를 캐기 시작했지."

"그때 아기 울음소리가 났지?"

내가 좋아하는 이야기였다. 할머니가 엄마를 발견한 순간. 하도 많이 들어서 외울 정도였다.

"그래, 그때 아기 울음소리가 들렸지. 소리를 따라가 봤더니 풀 위에 아기 혼자 누워 울고 있었어."

"그런데 할머니를 보더니 아기가 방긋 웃었지?"

할머니는 미소 지으며 내 머리를 쓰다듬었다.

"맞아. 웃으며 나를 향해 양팔을 벌렸어. 마치 안아 달라는 것처럼. 그래서 안아 들었지. 그 순간 나는 알았지."

"내게 딸이 생겼구나."

"그래, 내게 딸이 생겼지."

엄마는 부엌에서 잼을 졸이며 할머니와 내가 나누는 대화에 귀를 기울이고 있었다. 자신이 버려진 이야기를 듣는 게 어떤 기분인지 나는 그때 생각해 보지 않았다. 그저 아기를 주웠다는 얘기가 신났을 뿐이었다. 숲속에서 엄청 예쁜 버섯을 쑥 뽑아 오듯.

나는 엄마에게 진짜 엄마 아빠가 보고 싶냐고 물은 적 있었다. 엄마는 별소리 다 듣는다는 얼굴로 말했다.

"내겐 엄마가 있는데."

그리고 덧붙였다.

"나는 선택받은 아이였어. 마녀 엄마는 아무나 못 가져."

엄마의 말은 반쯤은 진실이었을 것이다.

할머니는 내게 한없이 다정했지만 엄마에게는 별로 그렇지 않았다. 할머니와 엄마는 모녀이기도 했지만 사제 간이기도 했다. 할머니는 좋은 스승이었지만 다정한 엄마는 아니었던 것 같다. 수련 끝에 엄마는 훌륭한 마녀가 되었다. 엄마는 계속 훌륭한 마녀였을 것이다. 한 가지 중요한 규칙을 어기지만 않았다면 말이다.

나와 마루는 입양되지 않았다. 우리는 엄마가 낳은 아이다. 그로 인해 엄마는 하나둘, 능력을 잃기 시작했다. 언젠가 모든 능력이 사라질지도 모른다고 생각했는지 엄마는 서둘러 내게 능력을 전수하려 했다. 하지만 많은 걸 전수하지는 못했다. 그리고 엄마는 매우 위태로워졌다. 마녀를 노리는 무리는 도처에 있고 힘을 잃은 마녀는 좋은 먹잇감이었다. 그래서 할머니는 엄마를 떠나보내지 않았다. 딸을 지키기 위해서였다. 그리고 지켜야 할 손녀도 있었다. 그것도 둘씩이나.

"내가 태어났을 때 혹시 화가 났었어요, 할머니?"

나는 어릴 때 물은 적이 있다.

"무슨 소리야. 네가 태어난 날 사과나무까지 심었는데."

할머니와 나는 잠시 창밖을 내다봤다. 마당에 연둣빛 새잎이 돋은 어린나무가 보였다.

"널 처음 봤을 때 넌 집이 떠나가라 울었어. 그때 나는 생각했지. 이젠 내게 손녀가 생겼구나. 목청깨나 큰 손녀가."

　내 볼을 부드럽게 쓰다듬는 할머니의 손은 거칠지만 따스했다. 내 기억이 맞는다면, 나를 사랑하는 눈빛이었다.

모형

"내 방은 청소하지 말아요. 하루 이틀 안 치운다고 큰일 나는 건 아니니까."

요양원의 1인실을 쓰는 윤금주 씨는 언제나 그렇게 말한다. 나는 늘 윤금주 씨 방에 마지막으로 들렀다.

내가 들어가면 윤금주 씨는 더운물을 찻주전자에 부었다. 탁자 위에는 꽃무늬 찻잔 두 벌과 쿠키가 담긴 접시가 준비되어 있었다. 방은 청소할 필요도 없이 늘 청결했다.

윤금주 씨 방은 다른 방들과 확연히 달랐다. 병원에서 제공하는 건 철제 침대와 작은 서랍장뿐이었지만 윤금주 씨 방에는 둥근 탁자와 의자, 작은 책상 그리고 유리문이 달린 나무 장이 놓여 있었다. 나무 장에는 찻잔 몇 벌과 차통, 그리고 책 몇 권이 가지런히 정리되어 있었다. 윤금주 씨가 요양원에 들어오기 전에 쓰던

가구와 물건들이라고 했다. 창에는 알록달록한 커튼도 달려 있다.

윤금주 씨는 처음 만났을 때 할머니라고 하지 말고 이름을 불러 달라고 했다.

"윤금주. 내 이름."

"그럼, 금주……야?"

윤금주 씨는 웃음을 터뜨렸다.

윤금주 씨가 내 찻잔에 차를 따랐다. 찻잔 테두리에서 1센티미터 아래, 모자라지도 넘치지도 않게 딱 알맞은 정도로. 늘 그랬다. 찻잔을 들자 진한 레몬빛이 도는 차에서 향긋한 냄새가 풍겼다. 나는 홍차 맛도 잘 모르지만 윤금주 씨와 마주 앉아 차를 마시는 게 좋았다. 어쩐지 귀한 대접을 받는 기분이었다.

차를 한 모금 마시고 윤금주 씨가 말했다.

"그럼, 둘까요?"

"두시죠."

찻잔 옆에는 장기판이 놓여 있다. 지난주에 두다 만 그대로였다. 우리는 일주일에 두 번 장기를 뒀다.

윤금주 씨가 푸른색 말, 내가 붉은색 말을 쥐었다. 대개 잘 두는 이가 붉은색을 잡는다. 실력이 비슷한 경우에는 연장자가 붉은색을 잡았다. 우리의 실력은 엇비슷했다. 하지만 윤금주 씨는 개의치 않고 늘 제비로 말을 결정했다.

푸른색 차가 붉은색 마를 노리고 달려온다. 포로 막고 있어 당장은 마를 잡을 수 없겠지만 포와 차로 마를 치는 수가 보인다. 적은 사방에서 조여 온다. 나는 내 군사들을 훑어본다. 포진의 모양새가 좋지 않다. 포와 마가 묶여 형세가 답답하다. 이 상황을 타개할 묘수, 그런 것이 있다면 생각해 내야만 한다. 수는 있다. 내가 찾지 못할 뿐이다.

나는 포로 적의 차를 쫓았다. 적은 차를 피신시키고 장군을 부를 것이다. 예상이 빗나갔다. 적은 대담하게도 차를 내 궁성 안에 진입시켰다. 막지 않으면 내 왕은 죽는다. 막을 수 있다. 왕이 직접 차를 잡을 것이다. 하지만 다음 수를 헤아려 본 뒤 나는 패배를 깨달았다.

"양수겸장."

나는 탄복과 탄식이 뒤섞인 소리를 내뱉는다.

양수겸장. 두 개의 말이 동시에 장군을 부르는 수다. 적의 포와 마가 양쪽에서 내 왕을 노리고 있다. 지금의 형세로는 포장과 마장 둘 다 막는 건 불가능하다.

"어쩐지 쉽게 풀린다 했어요."

윤금주 씨가 나를 향해 생글생글 웃었다.

"쉬운 수가 가장 위험한 수죠."

명백히 실수로 잃은 판이었다. 내가 공격할 때 상대방의 수를 방어라 생각해서는 안 된다, 그것을 잠시 잊었다. 상대방은 허점을 노리다 내가 승리의 예감에 취한 순간 치고 들어온다.

"그 전에 마로 차를 잡은 수는 절묘했어요. 담대했다고 해야 할까. 내심 놀랐어요."

윤금주 씨는 언제나 칭찬을 아끼지 않는다. 실수도 정확히 짚어 준다.

"한 수 잘 배웠습니다."

"즐거웠어요."

우리는 서로를 향해 가볍게 고개를 숙인 뒤 장기판에서 말을 거뒀다.

홍차를 마시고 쿠키를 먹으며 잠시 이야기를 나눴다. 별 이야기는 아니었다. 주로 장기에 대한 이야기였다. 아니면 날씨와 장미에 대해 얘기했다. 윤금주 씨는 요양원 마당 한쪽에 장미를 심어 길렀다. 그레이스, 나이팅게일, 오로라, 레오나르도 다빈치, 마틸다, 클라란스, 에벌린, 잉카. 윤금주 씨가 가르쳐 주는 장미의 이름들은 아름다웠다.

"사흘 전에 새로 심은 장미는 이름이 줄리엣이에요."

"어떻게 생긴 장미인가요?"

"바랜 듯한 분홍빛을 띠고 꽃잎이 레이스처럼 곱고 섬세하죠."

바랜 듯한 분홍색. 윤금주 씨는 그게 어떤 색인지 알까.

윤금주 씨 뒤로 놓인 책상을 나는 물끄러미 바라보았다. 장기판은 원래 책상 위에 놓여 있었다. 이 방에 처음 들어온 날, 청소하는 동안 고개가 절로 장기판으로 향했고 좀처럼 눈을 뗄 수 없었다. 그렇게 근사한 장기판은 처음이었다. 눈 밝은 이가 좋은 나무를 골라 정성 들여 만든 모양새였다. 장기 말도 평소 내가 쓰던 것과 달랐다. 말간 빛이 도는 장기 말을 손에 쥐어 보자 묵직하면서도 매끈한 감촉이 손에 착 감기었다. 장기를 둘 줄 아느냐고, 윤금주 씨가 내게 물었다. 나는 조금 둘 줄 안다고 대답했다. 그럴 줄 알았다는 듯이 윤금주 씨는 빙그레 웃었다. 그 뒤로 장기판은 탁자 위로 옮겨졌다.

얼마 전, 윤금주 씨의 책상 위에는 낯선 물건이 놓였다. 나무를 깎아 만든 도시 모형으로, 책상을 가득 채우는 크기였다. 집과 건물과 가게 수백 채가 좁은 길을 따라 빽빽이 들어서 있고 도시 복판에는 십자가가 걸린 교회와 학교가 서 있었다. 도시 가장자리로 들판이 펼쳐지다 숲과 야트막한 언덕이 이어졌다. 동쪽 숲 앞에는 분홍색 상자 같은 건물이 서 있었다. 미래 요양원이라는 초록색 글씨가 선명했다. 도심을 가로질러 서쪽 숲의 경계에는 높은 담으로 둘러싸인 집 한 채가 있고 뾰족한 지붕 위에는 암탉 모양 피뢰침이 달려 있었다. 마당에는 작은 나무 한 그루까지 있었다. 의심의 여지없이, 우리 집이었다.

모형은 주문해서 받는 데까지 석 달쯤 걸렸다고 했다. 석 달 만에 완성했다고 믿어지지 않을 만큼 정교한 솜씨였다. 나는 윤금주 씨 방에 들를 때마다 모형을 유심히 들여다보곤 했다. 만든 사람은 이 도시를 잘 아는 사람이 분명했다.

"내가 있는 곳이 어떻게 생겼는지 알고 싶었어요."

윤금주씨는 손가락으로 모형을 부드럽게 쓰다듬으며 그렇게 말했다.

윤금주 씨는 앞을 보지 못했다. 창에 달린 알록달록한 커튼의 색도, 찻잔의 꽃무늬도, 장미의 바랜 듯한 분홍색도 볼 수 없다. 나는 종종 그 사실을 잊곤 했다.

윤금주 씨는 어둠 속에서 장기를 둔다. 완전한 어둠은 아닐 것이다. 높은 성벽은 달빛 아래 교교히 형체를 드러내고 은빛이 뿌려진 벌판 위를 말이 가쁜 숨을 몰아쉬며 달린다. 나는 그것이 가능한 일인가 의심했었다. 가능한 일이었다.

"얼마 전부터 이상한 소리가 들려오던데."

윤금주 씨가 책상 위 모형을 더듬으며 말했다.

"늑대 소리 같았어요."

높이 날 줄 아는 새의 뼈처럼 섬세한 손이 도시를 찬찬히 훑더니 멈췄다.

"바로 여기서."

윤금주 씨 손가락이 숲을 가리키고 있었다. 우리 집 뒤로 이어지는 깊고 울창한 숲.

내 짐작이 틀리지 않는다면 나는 모형을 만든 사람을 알고 있다.

반칙

공이 중앙선을 경계로 정신없이 넘나들었다. 좀처럼 득점이 나지 않는 농구 게임은 지루하기만 했다.

체육 선생님은 여자아이들에게 피구공을 던져 주고 농구 코트에만 서 있었다. 여자애들이 한 세트를 끝낸 뒤 슬금슬금 스탠드로 올라앉아 구경하고 있었지만 선생님은 신경 쓰지 않았다. 농구는 체육 선생님이 제일 좋아하는 종목이었다. 선생님은 직접 뛰고 싶어 죽겠다는 표정으로 남학생들을 따라다니며 두 편 모두 진두지휘하느라 바빴다.

이랑에게 공이 패스됐다. 실수일 것이다. 이랑은 코트 위를 어슬렁거리고 있었다. 언제 끝나나 하는 얼굴로. 아니나 다를까, 공을 잡은 이랑은 얼떨떨한 얼굴로 두리번거렸다. 패스할 상대를 찾는 듯했지만 여의치 않아 보였다. 다른 남자아이들은 공과 상관없이 서로 뒤엉켜 몸싸움 중이었다. 이랑은 아무 데나 공을 던져 버리고 홀가분한 얼굴이 될 것이다. 하지만 내 예상이 빗나갔다. 이랑이 갑자기 공을 튕기며 쏜살같이 달렸다. 그제야 아이들이 이랑을 쫓기 시작했다. 아무도 이랑을 따라잡지 못했다. 골대를 향해 이랑이 거침없이 질주했다.

골밑이다. 그대로 슛을 쏘면 된다. 아이들이 함성을 질렀다. 이랑이 땅을 박차고 공중으로 뛰어올랐다. 그 순간 휘청하더니 이랑은 땅바닥에 나뒹굴었다.

반칙이었다. 상대편 아이가 공중에 뜬 이랑의 몸을 거칠게 밀쳤다. 호각 소리가 나고 체육 선생님이 달려와 반칙한 아이에게 주의를 줬다. 주저앉아 있던 이랑이 일어나 코트 가장자리로 걸었다. 다리를 조금 절룩거렸다. 그때 이랑을 밀친 아이가 씩 웃으며 이랑에게 가운뎃손가락을 들어 보였다. 등을 돌리고 있어 표정은 볼 수 없었지만 이랑의 뒷모습에서 명백히 분노가 느껴졌다. 다시 경기가 시작됐다.

빨리 체육 시간이 끝나기를 기다리며 나는 멍하니 운동장을 바라보았다. 그때 눈이 따끔했다. 바람에 날린 모래 알갱이였다. 눈을 비비자 눈물이 찔끔 흐르고 운동장이 온통 부옇게 보였다. 돌연 자욱한 황사가 몰려왔다. 한 치 앞도 보이지 않았다. 그리고 비명이 울렸다.

부연 흙먼지 속 한 아이가 골대 밑에서 나뒹굴고 있었다. 선생님이 달려갔다. 나는 다친 아이가 누구인지 보려고 일어났지만 아이들이 에워싸고 있어 보이지 않았다. 곧 황사가 걷히고 농구 코트가 선명히 보였다. 선생님이 누워 있는 아이의 다리에 손을 대자 아이가 꽥꽥 소리를 질러 댔다. 심하게 다친 모양이었다. 아까 이랑을 밀치고 주의를 받은 아이였다.

이랑은 농구 코트 끝에 서 있었다. 멀찍이 떨어져서 모여 있는 아이들을 지켜보고 있었다. 무표정한 얼굴이었지만 이랑의 눈은 분명 빛나고 있었다.

체육 시간이 끝나자 모두 야외 수돗가로 달려갔다. 물줄기가 세차게 뿜어 나오고 물방울이 사방에 튀었다. 아이들은 체육복 상의를 벗고 황급히 얼굴에 물을 적셨다.

숨 막힐 듯 무더운 날이었다. 더위는 가을 앞에서 물러설 줄 몰랐다. 잿빛 하늘이 머리 위로 낮게 내려앉았다. 바람 한 점 없었다.

이랑은 그늘 아래로 걸었다. 물에 젖은 하얀 티셔츠 위로 그림자가 짙게 드리워져 있다. 그것은 흰색도 검은색도 아니다.

"이랑."

내 목소리에 이랑이 뒤돌아봤다.

날카로운 눈빛, 그을린 피부와 날렵해 보이는 몸. 체육 시간에 편을 나누어 시합할 때 제일 먼저 뽑힐 스타일이다. 하지만 예측은 빗나갔다. 이랑의 운동 실력은 형편없었다. 이제 이랑은 뒤에서 세 번째나 네 번째로 뽑힌다. 하지만 나는 속지 않는다. 이랑은 누구보다 빨리 뛸 수 있고 누구에게도 밀리지 않을 것이다. 그러지 않는 이유는 귀찮기 때문이라고 나는 확신한다. 이랑이 달리고 싶다면 그건 장기판 위뿐이다.

이랑에게 체육 시간에 다친 곳이 어떤지 묻고 싶지만 우리가 그런 걸 물어볼 사이인지 잘 모르겠다.

"불렀으면 말을 해, 마령."

이랑이 눈썹을 찡그린 채 말했다. 거두절미하고 나는 물었다.

"혹시 개 본 적 없어?"

내 질문에 이랑의 눈썹이 움찔했다.

"귀가 늘어지고 짙은 갈색에 털이 부스스하고 크기는 이만해."

나는 아코디언을 켜듯 양팔을 활짝 벌렸다. 아니, 이보다 더 크던가. 조금 더 팔을 넓혀 보였다.

즉시 답이 돌아왔다.

"못 봤어."

"잘 생각해 봐."

이랑이 의중을 살피듯 내 눈을 들여다봤다. 나는 쏘는 듯한 이랑의 눈빛에 맞서며 대답을 기다렸다.

"그런 걸 왜 나한테 물어?"

"왜냐하면, 네가 알고 있을 것 같거든."

이랑은 대답 대신 슬그머니 내 눈을 피했다.

나는 다시 물었다.

"아까 체육 시간에 네가 그런 거니?"

"무슨 소리야?"

"다친 애 말이야."

"도대체 무슨 말을 하는 거야. 난 아무 짓도 안 했어."

거짓말이다. 하나는 거짓말이 확실하고 나머지 하나는 잘 모르겠다.

호의

마루가 떡을 산다고 해서 같이 갔다. 떡집은 시장을 통과해 주택가 끝, 미로 같은 골목의 막다른 곳에 있었다. 장사가 잘될 위치는 아니었다. 마루가 굳이 이 후미진 곳을 찾는 데는 이유가 있었다. 도시에서 제일 맛있는 떡을 파는 가게라고 했다.

유리문을 드르륵 밀고 들어가자 작고 침침한 공간이었다. 우리를 뒤따라온 빛 속에서 먼지인지 쌀가루인지 모를 작은 입자들이 춤을 췄다. 안쪽에서 고소하고 매캐한 냄새가 뒤섞여 풍겨 왔다. 어둑한 가게 한쪽에 포장된 떡이 놓여 있었다. 누가 사 가는지 모르지만 종류도 많고 먹음직스러워 보였다.

가게 안쪽에서 앞치마와 위생모를 한 주인이 나왔다. 무뚝뚝한 인상이다. 마루가 인사를 하자 주인은 고개를 한 번 끄덕일 뿐이었다.

마루가 주문한 떡볶이용 떡을 주인이 비닐봉지에 담더니 인절미를 한 팩 넣었다.

"우린 떡볶이 떡만 살 건데요."

주인이 잠시 내 쪽을 바라봤다. 속을 짐작할 수 없는 눈이었다.

"인절미는 별로냐?"

"그런 건 아니지만."

주인은 약밥도 한 팩 넣었다. 값을 치르고 가게를 나왔다.

"갓 만든 떡이 맛있는 법이지?"

웬 뜬금없는 소리냐는 듯 마루가 나를 바라봤다.

"시장에 있는 떡집은 손님도 많으니 그쪽 떡이 더 신선하지 않을까?"

"무슨 소리야, 인절미가 아직 따뜻한데. 저 집 떡이 최고야."

나는 설득에 별로 재능이 없다.

"늘 덤을 이렇게 많이 줘?"

"응. 단골이니까."

그래도 이상했다. 세상에 공짜는 없다. 떡 하나라도, 공으로 얻은 것에는 반드시 대가가 따르기 마련이다. 마뜩잖았다. 가게의 공기도, 무뚝뚝한 주인도. 딱히 나쁜 기운은 아니지만 뭔가 석연치 않았다.

"떡집에 갈 때는 꼭 나랑 같이 가."

"그건 곤란할 것 같은데."

"왜?"

"언니는 늦게 끝나잖아."

장기 동아리방에 들르는 탓이다. 한쪽을 택하려면 다른 하나를 포기해야만 한다.

나는 마루에게 어디까지 이야기해야 하나 늘 고민한다. 호의를 가장한 속임, 친절로 포장된 위선과 위험, 선과 악의 모호한 경계. 엄마도 그랬을 것이다. 엄마는 내게 해 주지 않은 이야기가 많았다. 나중에 하는 게 낫다고 생각한 이야기들일 것이다.

시장으로 들어섰다. 아케이드 지붕 아래로 가게들이 줄을 지었다. 고객 유치를 위해 얼마 전 아케이드 공사를 하고 점포를 새로 단장했지만 손님은 별로 없었다. 사람들은 길 건너 대형 마트로 갔다. 그래도 장사가 잘되는 집들이 몇 있었다.

청룡 수산이라는 가게 앞에 손님이 잔뜩 서 있었다. 여러 생선 가게 중에서 유독 잘되는 집이었다. 모여든 사람들 틈으로 푸른 칼날이 번뜩였다.

탕탕, 날이 선연한 칼이 도마를 내리치자 큼직한 생선 대가리가 날아갔다. 칼날이 부드럽게 배를 가르자 창자가 쏟아졌다. 거침없이 등 깊숙이 박아 넣은 칼이 단숨에 뼈를 발랐다. 우어어, 사람들에게서 탄성이 터져 나왔다. 커다란 참치 한 마리가 순식간에 해체됐다. 칼을 내려놓은 명리가 나를 향해 씩 웃었다.

가게 안쪽에서 명리와 꼭 닮은 명리의 아빠가 기다렸다는 듯이 팔을 걷어붙이고 나왔다. 명리 아빠는 참치 조각을 기름장에 찍어 손님들에게 내밀었다. 성체라도 되는 듯, 경건하게 입을 벌리고 참치를 받아먹은 손님들이 황홀한 표정을 짓고 앞다투어 참치를 사 갔다.

"마루도 참치 회 먹지?"

명리가 대답을 기다리지도 않고 따로 챙겨 둔 참치 살을 포장했다.

"집에 가서 바로 먹어. 그리고 고등어 두 마리 맞지?"

나는 종종 명리네 가게에서 고등어를 샀다. 명리는 학교가 끝나면 부모님 가게에서 일을 도왔다. 공짜로 일하지는 않는다. 명리는 돈 쓸 데가 많았다. 이것저것 사야 할 게 좀 있었다. 양말, 무릎 보호대, 정강이 보호대, 유니폼과 축구화. 축구공도 샀다.

명리는 축구를 좋아했다. 보는 것보다 하는 걸 좋아했다. 덕분에 명리는 일요일 새벽마다 두 시간 넘게 버스를 타고 이웃 도시로 갔다. 일요일 아침에 모이는 축구 동호회에 참석하기 위해서였다. 근방에는 여자가 뛸 축구 동호회가 없었다. 나는 명리가 축구하는 걸 한번 보고 싶다. 짧은 머리를 흩날리며 푸른 축구장을 전차처럼 달려 나가는 명리의 모습이 그려진다. 장기 둘 때와 마찬가지로 호쾌할 것 같다.

명리는 진심으로 장기 두는 걸 좋아했다. 그런 마음이 얼굴에 그대로 나타났다. 수가 잘 풀리면 가끔 장기판 앞에서 춤도 췄다.

이랑은 매너 없는 짓이라고 했지만 내가 알기로 장기 예법에 춤을 추면 안 된다는 규칙은 없다. 어깨를 들썩이며 몸을 흔드는 명리를 보는 게 나는 무척 좋았다.

"어이, 아가씨야, 뭐야? 거기, 참치 좀 줘."

한 남자가 명리를 향해 말했다. 순간 표정이 굳었지만 명리는 친절하게 대답했다.

"오늘 참치는 다 나갔습니다."

"뱃살로 좀 줘 봐."

"참치는 다 팔렸고요, 손님. 광어랑 우럭 회 가능합니다."

"참치 달라고."

"오늘 판매 분량은 다 나갔는데요, 손님."

명리의 얼굴에 표정이 사라졌고 목소리도 딱딱하게 굳었다.

"손님이 물건을 사겠다는데 안 팔아? 너, 뭘 쳐다봐? 그렇게 보면 어쩔 건데? 너, 남자야 여자야? 생긴 건 뭣같이 생겨 가지고. 사장 나오라고 해. 사장 나와!"

남자가 고래고래 소리를 질러 대자 지나가던 사람들이 힐끔거렸다.

"손님."

명리가 나직한 음성으로 말했다.

"손님, 제가 여자인지 남자인지 궁금하신 모양인데 제 얼굴 한번 봐 주시겠습니까?"

"뭐? 그따위 상판대기, 보긴 뭘 보라는 거야. 딱 봐도 재수 없는데. 칵, 퉤!"

남자는 바닥에 침을 뱉더니 명리의 얼굴을 쳐다봤다.

"손님, 손님은 이제 저희 가게에 얼씬도 하지 않으셨으면 합니다. 그 면상 저도 다시는 보기 싫거든요."

명리가 남자의 눈을 노려보며 슬쩍 칼을 도마에 내리쳤다. 날이 선 칼이 퍼렇게 번뜩였다.

"자, 이제 조용히 여길 떠나 뒤도 돌아보지 않고 곧장 집으로 가는 겁니다. 알겠습니까, 손님?"

말이 끝나자마자 남자가 순순히 가게를 떠나 순식간에 아케이드를 빠져나갔다.

"장사 하루 이틀 하나."

나와 눈이 마주치자 명리가 씩 웃으며 말했다. 마루는 명리에게 온통 마음을 빼앗긴 표정이었다. 나도 마찬가지였다. 후련했다.

"감사합니다, 고객님!"

내가 고등어값을 치르자 명리가 쩌렁쩌렁하게 외쳤다.

"아, 이건 만옥이 줘."

명리가 마른 멸치 한 봉지를 내밀었다.

고맙다고 하니 명리는 별소릴 다 한다는 듯이 씩 웃었다.

"내일 보자."

떡 봉지는 마루가 들고 생선 봉지는 내가 든 채로 나란히 버스에 앉았다. 비린내가 좀 나기에 차창을 살짝 열었다. 바람이 불어 들어와 마루의 머리를 가볍게 날렸다.

나는 창밖을 내다보며 기억을 더듬어 봤다. 내가 명리에게 만옥이 얘기를 한 적 있던가. 아무리 생각해도 나는 말한 적 없는 것 같다.

투구꽃

종일 비가 내렸다. 동아리방에 들르지 않고 곧바로 집에 돌아왔다. 비가 오면 해야 할 일이 많았다. 아니나 다를까 지붕에서 샌비가 복도를 흠뻑 적셔 놓았다.

마루와 함께 서둘러 그릇과 냄비를 복도에 늘어놓고 걸레로 물기를 닦아 대야에 짜냈다. 그러는 동안 방 안에서는 탭 댄스 경연 대회라도 열린 듯 요란한 소리가 들려왔다. 무슨 이유인지 몰라도 비가 오면 괴물들은 더 사나워졌다.

이 집은 작은 감옥인 셈이다. 어떤 놈들인지, 수가 얼마나 되는지 파악하지도 못한 채 나는 죄수들을 감시한다. 나는 놈들을 본 적 없지만 짐작건대 놈들은 나를 지켜보고 있다. 감시당하는 건 내 쪽인지도 모른다. 아주 오래전부터였다. 내가 알지 못하는 것을 놈들은 많이 알고 있으리라.

대충 수습한 뒤 집 안을 한 바퀴 돌았다. 방 개수는 어제보다 세 개나 늘었다. 위치도 바뀌어 있었다. 요즘은 유독 변화가 심했다.

"오늘은 일찍 왔네?"

복도 제일 안쪽 방에서 말을 걸어 왔다.

"기다렸나 봐."

숨넘어갈 듯한 웃음소리가 들려왔다.

"신물 날 정도지."

"적응할 때도 됐을 텐데."

"이곳이 어떤지 문을 열면 나가서 말해 주지."

"별로 좋은 생각은 아닌 것 같은데."

"아니, 아니, 내게 진짜 좋은 생각이 있어. 난 널 도와줄 수 있어. 넌 아무것도 아니잖아. 겨우 잔재주나 피울 뿐이고. 널 진짜 마녀로 만들어 주지. 내가 도와줄 수 있어."

"그 능력을 문 여는 데 써 보는 건 어때?"

으르렁거리는 소리가 났다.

"너, 후회할 날이 올 거야."

매일 똑같은 소리. 나는 무시했다.

"얼마 남지 않았어! 두고 봐!"

협박과 저주, 야유와 회유, 으르렁거리고 쿵쾅거리는 소리. 모든 것이 정상이었다.

비가 그쳤다. 마루가 떡볶이를 만들기 시작하자 나는 집 밖으로 나갔다. 저녁 먹기 전에 숲을 좀 둘러보고 싶었다.

숲은 고요했다. 촉촉하게 젖은 땅과 깨끗한 나뭇잎 냄새가 신선하게 풍겨 왔다. 밤이 오려면 멀었지만 숲 깊은 곳은 이미 어둑했다. 자욱한 향. 투구꽃 무리를 발견했다.

여기쯤이었을까. 할머니가 엄마를 발견한 장소일지도 모를 곳에 나는 한동안 서 있었다. 보라색 투구꽃은 꽃잎을 닫은 채 수그리고 있다. 투구꽃 뿌리는 독성이 있어 약재로 쓰인다. 할머니는 다른 용도로도 썼을 것이다.

갑자기 등 뒤에서 기척이 났다. 나는 덤불 뒤로 몸을 감췄다. 젖은 풀 위로 내딛는 조심스러운 발소리. 슬몃슬몃 덤불 사이로 내다봤다. 아는 얼굴이었다. 능이.

능이는 나를 보지 못하고 그대로 지나쳐 갔다. 한참 있다 몸을 일으켜 능이의 뒤를 밟았다. 능이가 갑자기 멈춰 섰다. 나는 몸을 숙였다. 능이는 가만히 발밑을 내려다보더니 다시 걷다 멈추기를 반복했다. 커다란 나무 아래에서 능이가 한쪽 무릎을 꿇고 앉았다. 뭔가 찾고 있는 것 같았다.

호리호리하고 어깨가 구부정한 능이는 식물 같은 아이다. 굳이 꼽자면 고사리를 닮았다. 늘 구석 자리를 찾아 어깨를 수그리고 칼로 나무 조각을 다듬었다. 한번은 능이가 나무 조각을 내게 내밀었다. 엄지만 한 고양이였다. 가만 보니 무척 낯익었다. 뚱한 표정이나 부스스한 털이 딱 만옥이였다. 능이가 우리 집에 온 적은 없었다. 만옥이는 절대 외출하지 않는다.

능이가 일어나 다시 걷기 시작했다. 걸음이 느긋했다. 특별한 목적 없이 산책이라도 나온 것 같았다. 하지만 산책을 나올 만한 거리는 아니다. 능이의 집은 요양원이 있는 동쪽 숲 근처였다.

능이는 쓸데없는 일은 하지 않았다. 충분히 생각한 뒤에 필요할 때만 움직였다. 장기판에서 능이는 차근차근 상대를 압박해 결국 나가떨어지게 만든다. 나는 능이를 이긴 적이 거의 없다. 능이의 수는 짐작하기 힘들었다.

능이가 보이지 않았다. 나무 아래, 덤불 속, 바위 뒤. 어디에도 없다.

"안녕, 마령."

등 뒤에 능이가 서 있었다.

능이가 조용히 미소 지었다. 내가 뒤를 밟는 걸 능이는 처음부터 알고 있었다. 투구꽃 향이 훅 풍겨 왔다.

빅장

예상대로 축제는 지루했다. 「컨택트」가 끝나고 「그래비티」가 시작되자마자 나는 과학실을 빠져나왔다. 질리도록 본 영화들이었다.

장기 동아리방으로 가자 묘주가 있었다.

"마령이구나. 장기 두러 왔니?"

반색하는 목소리와 함께 교탁 뒤에서 얼굴이 불쑥 나타났다. 위다솔 선생님이었다.

위다솔 선생님은 올해 이 학교에 왔고, 이곳이 첫 부임지다. 담당 과목은 화학. 담임은 맡지 않았다. 장기 동아리는 새로 생긴 동아리라 자연스레 담당 교사로 낙점됐다. 장기에는 문외한이지만 열의가 넘쳤다.

"장기가 그 재미를 알고 나면 소도 팔아먹는다더라, 마령아. 아,

우리 할머니 말씀이야. 우리 할머니가 예전에 장기 좀 두셨다나 봐. 이젠 안 두셔. 함께 장기 두던 친구들이 다 돌아가셨대. 내가 장기 가르쳐 달라니까 얼마나 좋아하시던지. 그런데 왜 그렇게 내기 장기를 두자고 하시는지 몰라. 장기는 내기 장기로 배워야 확 는다는데, 장기 배우기 전에 거지 될 거 같아. 내가 지난주에만 삼만 칠천 원을 뜯겼잖아. 아, 얘들이 프린트를 안 가져갔네. 묘주야, 교실 좀 지키고 있어."

선생님이 책상에 쌓인 A4 용지를 한 뭉치 들고 부리나케 교실을 나갔다. 나는 남아 있는 프린트를 한 장 집어 읽어 보았다. '1분이면 당신도 장기 고수'라는 제목이 20포인트, 굵은 고딕체로 쓰여 있고 그 아래로는 전자레인지 사용법을 설명하듯 장기 규칙이 대충 적혀 있었다.

"다른 애들은?"

"선생님이 홍보하라고 내보냈어."

위다솔 선생님은 모른다. 그들은 홍보에 적합한 이들이 아니다. 장기 동아리 회원들이 간절히 원하는 건 아무도 동아리방에 얼씬하지 않는 것이다.

"프린트는 일부러 두고 나간 거지?"

묘주가 쿡 웃었다. 슬쩍 웃는 것만으로 주변의 공기가 달라진 듯했다. 묘주를 볼 때마다 나는 왠지 그런 기분이 들었다.

내가 장기 동아리 부원도 아니면서 거의 매일 장기 동아리방에 출석하다시피 된 건 순전히 우연이었다. 어느 날 문이 살짝 열린 교실 앞을 지나게 됐고, 모여 앉아 뭔가에 열중한 아이들을 발견했다. 그때 마침 고개를 든 묘주와 눈이 마주쳤다. 웬일인지 나는 얼어붙은 듯 꼼짝도 할 수 없었다. 야, 빨리 들어와, 하고 나를 본 명리가 소리쳤고 나는 그렇게 했다. 여기 앉아, 장기 둘 줄 알아? 알아? 진짜? 잘됐다! 다음 판은 나랑 둘래? 하고 명리가 하도 스스럼없이 말해서 나는 어영부영 끼어 앉아 장기를 두게 되었다.

그러고 나서는 매일같이 장기 동아리방에 들르게 됐다. 물 흐르듯 자연스러운 우연이었다. 그날 내가 3층 복도 끝 교실 앞을 지난 것도, 동아리방 문이 살짝 열려 있던 것도, 그때 묘주와 눈이 마주친 것도 반쯤은 우연이었을 것이다. 나머지 반은 아직 모르겠다. 우연이란 옛날이야기에나 나오는 거다.

묘주는 늘 동아리방에 제일 먼저 나타난다. 조용히 책을 읽으며 다른 아이들이 오기를 기다린다. 지금도 묘주가 앉은 책상에는 책이 한 권 놓여 있다. 슬쩍 보니 표지에 '다중 우주론'이라는 제목이 적혀 있었다.

"한 판 둘까?"

대답을 기다리지도 않고 묘주가 장기판 앞에 앉았다. 물론, 나는 거절하지 않는다.

묘주가 양손을 주먹 쥐어 내밀었다. 오른손을 가리키자 묘주가 손바닥을 펴 보였다. 푸른색 졸이었다. 묘주가 붉은색, 내가 푸른색 말이다.

내가 먼저 움직인다. 왕이 웅크리고 있는 궁성의 상단 모서리 귀 자리에 마를 놓는다. 귀마 포진이다. 귀마 포진은 가장 많이 쓰이는 포진으로, 두는 순서와 관계없이 무난하게 초반 진형을 만들 수 있다. 초반 포진을 어떻게 꾸리냐에 따라 승패가 좌우될 만큼 포진은 중요하다. 차의 길을 터놓자 적도 그렇게 한다. 나는 졸을 움직여 적의 병을 고립시켰다. 적의 상이 달려와 내 졸을 위협한다. 상대의 움직임에 따라 나도 움직인다. 탐색의 시간이 지난 뒤 적과 나의 진영이 모양을 갖추기 시작한다.

묘주의 장기는 우아했다. 묘주의 말들은 언제나 유려한 형세를 그렸다. 말의 주도를 가져가는 것도 중요하지만, 그보다 더 중요한 건 상대를 효율적으로 공격할 수 있는 포진을 유지하는 것이다. 간결한 선으로 이루어진 세상에서 왕과 아군을 지키기 위해, 우주의 별처럼 무수히 빛나는 수를 품고 말들은 조용히 움직인다. 장기는 아름다운 경기다.

상을 움직여 상대의 병을 죽였다. 적의 형세가 흐트러졌다. 마로 적의 차를 쫓아 달려갔다. 상대는 궁성 상단 가운데 자리에 포를 놓아 차를 지켜 냈다. 나는 방금 둔 수에 허점이 있었나 의심했다. 그리고 다음 수를 예상해 본다. 묘주도 마찬가지일 것이다. 묘주의 평온한 표정 뒤에 차마가 날뛰고 포가 으르렁대고 있다.

내 쪽이 우세하다. 하지만 묘주는 전혀 흔들림 없다. 기다리는 중이다. 내가 실수하는 순간을. 허점을 보이자마자 단숨에 달려들 것이다. 날뛰는 마를 포로 막고, 진격하는 포를 붉은 차가 제압한다. 예상한 바였다. 묘주가 차를 내주고 내 졸을 잡았다. 이것은 예상 밖이다.

장기 말은 각각 점수가 다르다. 차, 포, 마, 상, 사, 졸, 순으로 점수가 매겨진다. 차가 13점이고 포는 7점, 마는 5점, 상과 사는 3점이고 말의 수는 각각 두 개씩이다. 병졸은 2점, 모두 다섯 개다. 왕의 점수는 없다. 점수는 말의 힘과 밀접한 상관이 있다. 즉, 차가 가장 위력적이다.

낮은 점수의 말로 높은 점수의 말을 치는 게 이익이다. 대체로 그렇다. 높은 점수의 말을 내주고 낮은 점수의 말을 취했다면 분명 이유가 있다. 그게 무서운 점이다. 묘주는 종종 전혀 예기치 못한 전술을 구사한다. 적을 혼란에 빠뜨린 뒤 단숨에 먹을 끊어 버리곤 한다. 장기는 서로의 수를 읽는 싸움이다. 하지만 수를 읽는 사람은 마음을 읽는 사람을 당해 내지 못한다. 장기는 마음을 읽는 싸움이다.

전세가 역전됐다. 길이 보이지 않는다. 나는 필사적으로 숨겨진 길을 찾아 모색한다. 가까스로 수를 찾아낸다.

"장군."

내가 장군을 부르자, 묘주가 기다렸다는 듯이 되받아 장군을 불렀다.

숨이 차다. 힘이 달린다. 조용하지만 엄청난 에너지가 오가고 있다. 묘주도 지친 기색이었다. 나는 반격한다. 즉시 맞받아 공격이 들어온다. 어느 하나 양보할 수 없는 싸움이 계속된다.

적과 나, 모두 남은 말의 수는 적다. 고심 끝에 나는 결정한다. 이길 수 없다면 패배를 피하는 것도 수다. 내가 왕의 앞을 지키던 사를 들어 옆으로 옮긴다. 묘주의 왕과 나의 왕이 정면으로 마주섰다. 묘주도 더는 말을 들지 않는다. 두 왕 사이를 가로막는 것은 없다. 빅장이다.

게임이 끝났다. 무승부다. 우리는 서로 묵례한 뒤 장기판을 정리했다.

능이가 돌아오지 않아서 묘주가 대신 차를 끓였다. 나는 창가에 서서 밖을 내다봤다. 코스튬 동아리가 기기묘묘한 의상을 입고 줄을 지어 운동장을 크게 돌고 있었다. 장기 동아리 회원은 한 명도 보이지 않았다. 어디 으슥한 곳에 숨어 장기를 두고 있는 게 틀림없다.

묘주가 내게 찻잔을 내밀었다.

"서쪽 숲에서 늑대 소리가 들린다던데."

나는 차를 한 모금 마신 뒤 말했다.

"그럴 리가."

묘주가 멀리 눈을 둔 채 말했다.

"조심하는 게 좋을 거야."

묘주는 아무 대꾸도 하지 않았다. 묘주의 입술이 가늘게 떨리는 것을 나는 알았다. 찻잔 속의 차가 가볍게 소용돌이쳤다.

계

열역학 제1법칙은 에너지 보존 법칙이다. 이 법칙에 따르면 모든 에너지는 서로 쉽게 치환되어야 하지만 실제 자연 현상에서는 많은 예외가 발견됐다. 이에 따라 열역학 제2법칙, 즉 엔트로피의 개념이 등장한다. 열역학 제2법칙에 따르면 폐쇄된 고립계의 엔트로피는 절대로 줄어들지 않는다.

열역학에서 '계'란 우리가 관심을 두는 부분 또는 공간을 말한다. 계가 아닌 모든 부분은 주위라고 한다. 계에는 고립계, 닫힌계, 열린계가 있다. 고립계는 주위와 물질이나 에너지 교환이 없는 계, 닫힌계는 에너지 교환만 가능한 계, 열린계는 물질과 에너지의 교환이 모두 가능한 계이다.

졸다가 계라는 단어에 눈이 번쩍 뜨였다. 열역학에 계가 있는 것처럼 세상에도 계가 존재한다. 마법계와 아닌 계. 나는 두 가지

계에 속해 있으며 에너지와 물질을 교환한다. 열역학적으로 따지면 열린계인 셈이다.

위다솔 선생님은 설명을 마치고 교실 안을 둘러보았다. 교실 안에도 고립계가 존재했다. 바로 위다솔 선생님이었다. 부임 일 년 차 화학 담당인 위다솔 선생님은 좋은 교사였다. 특히 학생들의 건강에 공헌도가 컸다. 반 아이들은 거의 졸거나 엎드려 자고 있었다. 양질의 수면만큼 건강에 좋은 건 없다.

"간단히 예를 들자면. 여기 뜨거운 물을 담은 세 종류 용기가 있습니다."

교탁 위에 보온병과 마개로 닫힌 투명한 플라스틱병 그리고 머그잔이 놓여 있었다. 머그잔에서 김이 희미하게 솟아오르다가 더는 나지 않았다.

"보온병은 고립계에 해당합니다. 보온병을 둘러싼 주변과 물질이나 에너지 교환이 없으니까요. 마개로 막은 플라스틱병은 에너지는 발산하지만 물질 교환은 불가능합니다. 닫힌계죠. 열과 증기를 발산하는 머그잔은 열린계가 되겠죠. 연애에도 응용 가능합니다. 좋아하는 상대에게 고백하지 못하고 끙끙대는 상태는 고립계, 고백은 했으나 상대방에게 거절당한 경우는 닫힌계, 고백이 성공했다면 열린계가 되겠죠."

선생님은 미소를 띤 채 말하고 교실 안을 둘러보았다.

고립계가 아니었다. 선생님은 닫힌계였다. 좋은 예였지만 위다솔 선생님의 일방적인 구애에 아이들은 냉담했다.

"다시 엔트로피 얘기로 돌아가자면……."

선생님은 꿋꿋이 설명을 이어나갔다.

계는 기를 쓰고 엔트로피가 증가하는 쪽으로 변하려 한다. 즉 무질서해지는 쪽으로 향하는 것이다. 장기판의 포진이 시간이 지나면서 무질서하게 흩어지는 것도 같은 이치다. 세상도 마찬가지다. 한껏 흐트러진 교실 안 풍경도 엔트로피 현상 때문일 것이다. 교실 안에는 딴짓과 무관심과 졸음 입자가 어지러이 날아다녔다.

선생님이 설명하지 않은 것에 대해 나는 조금 더 알고 있다. 선생님은 설명할 필요가 없다고 생각했는지 모르지만 아이들의 주의를 끌기 위해서는 설명하는 편이 나았다. 자극적인 내용, 그런 걸 아이들은 좋아한다. 이를테면 지구 멸망 같은 것.

나도 책이라는 걸 조금 읽고 있다. 묘주만큼은 아니더라도 과학 이론서도 종종 읽는다. 지피지기면 백전백승인 법. 과학이 마법의 적은 아니지만 뭐든 알아 두어서 손해 볼 일은 없다. 이런저런 과학서를 읽고 내가 내린 결론은 이렇다.

과학과 마법은 근본적으로 같다. 둘 다 환상을 현실화한다는 점에서 그렇다. 다만 구현하는 방법이 다를 뿐이다. 과학은 숫자와 이론과 실험과 기계와 분석과 시행착오와 다시 숫자와 이론과 실험과 시행착오를 거치지만 마법은 그 과정을 건너뛴다.

열역학 제2법칙에 따르면 엔트로피는 줄어들지 않는다. 에너지는 계속 증가한다. 따라서 아주 오랜 시간이 지난 뒤에 열역학적으로 전 우주의 엔트로피가 최대에 도달한다. 극단적인 무질서이자 평형의 상태. 그것을 열 죽음이라고 한다. 우주의 열역학적 종말을 뜻한다. 모든 것이 소립자로 분해되어 흩어지고, 희미하고 텅 빈 우주 공간만 남게 된다.

마녀의 세계에서도 그것은 예언됐다. 모든 것이 소멸하고 마침내 세계는 끝난다.

고도로 발달한 과학은 마법과 다르지 않다고 누군가 말한 적 있다. 그는 반쯤은 마법을 이해했다. 하지만 마법의 세계는 그보다 훨씬 복잡하고 예측하기 어렵다.

나는 종종 그 열역학 법칙이 바로 우리 집에서 벌어지고 있는 게 아닐까 생각한다. 놈들이 방이라는 형태를 띤 우주 속에서 발광하다 극도의 에너지 팽창 상태에 도달해 언젠가 터져 버리지 않을까. 어쩌면 이미 터져 소멸했지만 주둥아리만 남아 저주의 말을 퍼붓고 있는 게 아닐까. 의심이 들지만 굳이 확인해 보고 싶지는 않다.

수업이 끝났음을 알리는 벨이 울렸다. 아이들은 열역학 제2법칙 이론에 충실하게 움직였다. 무질서는 최대치에 달했다. 나는 조용히 가방을 챙긴다. 오늘의 적수는 누구일지 가늠해 본다.

전조

집에 돌아오니 현관문 앞에 죽은 까마귀 한 마리가 놓여 있었다. 죽은 쥐보다는 낫지만 그렇다고 반갑지는 않았다. 까마귀도 죽은 쥐를 던져 놓았던 자리 옆에 두었다. 십자가를 세워 줄 기분은 아니었다.

"딱 맞춰 왔네."

마루가 완성된 떡볶이를 접시에 담아 내놓았다.

만옥이는 소파에서 자고 있었다. 만옥이는 아니다. 만옥이는 절대 집 밖으로 나가지 않는다. 안으로 들어온 쥐나 까마귀를 잡아 현관문 앞에 고이 모셔 뒀을 리도 없다. 만옥이는 개미 새끼 한 마리 죽이지 못한다. 마루와 나는 마주 앉아 떡볶이를 먹었다. 떡볶이는 맵고 개는 여전히 돌아오지 않았다.

설거지를 한 뒤 복도를 돌며 방을 살폈다. 이상하게 조용했다.

헛기침 소리를 내 봤다. 반응이 없었다. 조심스럽게 문을 두드려봤다. 여전히 조용했다. 나는 문에 귀를 대고 기척을 살폈다. 아무 소리도 없었다.

오랜만에 집 안이 조용하니 좋았다. 하지만 반길 일만은 아니었다. 평소와 다르다. 다른 건 알겠는데 그 이유는 모르겠다.

거실로 돌아오니 마루가 만옥이를 안고 소파에 앉아 있었다. 자는 건지, 자는 척하는 건지 몰라도 만옥이는 안긴 채 눈을 감고 있었다.

"숲에서는 본 적 없대. 숲으로 간 건 아닌가 봐."

만옥이가 깰까 봐 마루는 속삭이듯 말했다. 개 얘기였다.

"숲에 갔었어?"

"어."

"혼자는 가지 마."

"왜?"

나는 이유를 생각해 본다.

"모기도 많고."

조금도 설득당하지 않은 얼굴로 마루가 나를 물끄러미 바라보다 고개를 끄덕였다.

"다른 얘긴 없고?"

"무슨 얘기? 늑대가 돌아다닌다는 얘기?"

"그런 얘기 들었어?"

"늑대 소리가 들렸잖아."

마루는 귀가 밝다. 내가 듣지 못하는 소리를 듣는다. 온갖 생명체의 소리를 듣고 이해한다. 타고난 능력이었다. 추측해 보자면 할머니의 재능을 물려받은 게 아닌가 싶다.

마루는 목에 탯줄을 감고 태어났다. 위험했다. 훌륭한 산파이기도 했던 할머니는 재빨리 아기를 꺼내고 탯줄을 끊었다. 그러고는 시퍼렇게 질려 숨 쉬지 않는 아기에게 숨을 불어 넣었다. 마법의 주문과 함께. 비로소 아기는 첫울음을 토해 냈다. 그때 마법 능력이 마루에게 흘러 들어간 것 같다.

마루는 잘 웃는 아기였다. 작은 침대에 누워 늘 옹얼거리거나 까르륵 웃었다. 날파리마저 마루의 친구가 되어 주었다. 마루는 단 한 번도 벌레에 물리거나 쏘인 적 없었다. 모두가 마루를 좋아하고 지켰다. 할머니의 능력을 물려받지 않았어도 마루는 충분히 사랑받을 만한 아이다.

우리는 평소처럼 따뜻하게 데운 우유를 마시고 잠자리에 들었다. 어둠 속에서 나는 문밖 기척에 귀를 기울였다. 고요했다. 규칙적으로 내쉬는 마루의 숨소리만 들려왔다.

한밤중에 눈을 떴다. 집이 흔들리고 있었다. 잔에 든 우유 표면이 일렁이는 정도의 진동이 아니었다. 아주 깊숙한 곳에서부터 시작된 진동이었다. 깊고 깊은 어딘가. 지진은 아니었다. 집요한 의지와 의도가 느껴지는 파장. 나는 몸을 벌떡 일으켰다.

1층을 둘러본 뒤 2층으로 올라갔다. 하나, 둘, 셋. 문을 차례차례 지나며 방 개수를 세어 보았다. 한 개가 늘어나 있었다. 방 개수는 자주 바뀐다. 하지만 변한 건 그뿐이 아닌 듯했다. 변한 게 무엇일까.

　집 안은 고요하고 악몽처럼 어두웠다. 그믐이었다. 창밖을 올려다보자 두터운 어둠이 뒤덮고 있었다. 달은 보이지 않았다. 멀리서 늑대 우는 소리가 들려왔다.

악몽

어둡다. 빛을 찾아 눈으로 더듬었지만 아무것도 보이지 않는다. 손을 뻗자 축축하고 차가운 벽이 만져진다. 마치 심해어의 피부처럼 거칠고 섬뜩하다.

아무래도 동굴 속인 것 같다. 아니면 심해어의 배 속이거나. 몸을 움직이자 어둠 속에서 작고 노란 빛이 눈을 떴다. 천장에 거꾸로 매달린 작은 짐승들. 박쥐. 어쩌면 심해어가 삼킨 물고기들이 마지막으로 발하는 눈빛인지도 모른다. 축축한 벽을 더듬어 앞으로 나간다. 앞이 아닐 수도 있다. 똑똑. 물 떨어지는 소리가 났다. 희미하게 빛이 스며든다. 햇빛은 아니다. 사방은 조용하다. 벽 위로 불길한 그림자들이 너울거린다.

나는 조금 더 걸어 커다란 방에 도착한다. 방 가운데에 어슴푸레 빛나는 거대한 무덤이 있다. 누구 것인지 모를 뼈로 쌓인 무덤.

무덤 앞에 흐릿한 것이 있다. 산 것도 죽은 것도 아닌 무언가. 그것은 희끄무레한 눈으로 나를 물끄러미 바라보았다. 무언가 떠오를 듯했지만 아무것도 기억나지 않았다. 나를 바라보던 그것은 긴 한숨을 토하더니 몸을 돌려 소리 없이 무덤 안으로 뛰어 들어가 버렸다. 우르르, 낮은 신음이 들려왔다.

눈을 떴다. 소파 위였다. 멀리서 천둥 치는 소리가 들렸다. 만옥이가 내 뺨을 찰싹 때렸다. 정신이 번쩍 났다.

바닥이 요동쳤다. 벽을 더듬어 스위치를 눌렀지만 불이 들어오지 않았다. 어둠 속에서 와장창 소리가 나고 바닥을 구르는 요란한 발소리가 들렸다. 번쩍, 창으로 섬광이 비쳤다.

만옥이가 이리저리 날뛰었다. 만옥이가 그렇게 흥분한 모습은 처음이었다. 어둠 속에 푸른 안광이 번뜩였다.

악몽 같은 소리가 귀를 울렸다. 얼핏, 어둠 속에 희끗희끗한 형태들이 보였다. 잠시 번쩍하더니 낮은 천둥소리가 뒤따랐다. 나는 정신없이 달려 2층으로 올라갔다.

모든 방문이 활짝 열려 있고 안은 텅 비어 있었다.

나는 마당으로 뛰어나갔다.

하늘을 가득 메운 잿빛 구름. 악의를 품은 두터운 구름이 금방이라도 내 머리를 짓누를 것 같았다. 구름 사이로 갈라진 빛이 내리쳤다. 지붕 꼭대기의 피뢰침이 맹렬하게 돌아갔다. 곧이어 굉음이 일고 또다시 섬광이 번뜩였다. 지붕 위로 떨어지는 벼락.

하늘이 쩍 갈라졌다. 사방이 불타올랐다. 불길 사이로 잠깐이지만 흐릿하게 어두운 무언가가 보였다. 그것이 길게 찢어진 입을 벌리고 소리 없이 웃었다. 보이지 않았지만 분명 느낄 수 있었다. 불길이 나를 향해 눈을 희번덕거리며 우르르 몰려왔다.

나는 물러섰다. 현관문을 닫고 집 안으로 들어왔다. 만옥이가 창을 향해 길게 울었다.

결계가 풀렸다. 괴물이 모두 탈출했다. 나는 만옥이를 안고 쓰다듬었다. 내가 할 수 있는 건 그것밖에 없었다.

2부

불길한 구름이
사방에 자욱하니

예언

할머니가 집을 떠난 데는 이유가 있었다. 친구들을 만나기 위해서라는 건 반쯤은 맞다. 그보다 더 중요한 이유는 따로 있었다. 회의 참석. 대마녀가 회의를 소집했다.

오랜만에 열리는 회의였다. 마지막 회의는 백 년 하고 십삼 년 전이었다. 회의가 열렸다면, 그것도 대마녀가 소집한 회의라면 뭔가 큰일이 생긴다는 뜻이었다. 혹은 이미 큰일이 생겼거나.

대마녀가 회의장에 나타났다. 널찍한 사각형 테이블에 둘러앉아 있던 마녀들이 일어나 예의를 표했다. 회의에 소집된 마녀는 열다섯 명. 모두 뛰어난 마녀들이었다. 능력이 탁월하고 영향력이 크고 업적 또한 대단했다. 그들은 서로 친구일 수도, 친구를 가장한 적일 수도 있었다. 대마녀가 테이블 상석에 앉자 마녀들도 자리를 잡았다. 대마녀가 형형한 눈빛으로 마녀들을 둘러보았다. 단숨에 상대방을 위축시키는 눈빛이었다.

대마녀의 나이는 아무도 몰랐다. 세상의 나이와 비슷하다고 했지만 그보다 더 많을 수도 있었다. 마녀들에게 대마녀는 어머니와 같은 존재였다. 존경하는 한편으로 두려워하는 대상이었다. 사랑과 자비를 베푸는 동시에 엄하고 때론 가혹하기도 했다. 대마녀의 뜻을 거스른 마녀는 벌을 면치 못했다. 그건 인간도 마찬가지였다. 대마녀가 사는 곳 또한 아무도 몰랐다. 세상 어디에도 없고 세상 어디에나 있었다.

오랜만에 모습을 드러낸 대마녀는 사뭇 달라져 있었다. 눈빛은 여전히 형형하지만 쇠약해진 기색이 역력했다. 한동안 대마녀가 죽었다는 소문이 돌기도 했다. 그것을 바란 이들도 있었다. 대마녀의 자리를 노리는 이들이었다. 회의장 안에도 몇 있었으나 그들이 여태 목숨을 부지하고 있는 건 반역을 시도하지 않았기 때문이었다. 대마녀는 언젠가 자리를 물려줘야 할 것이다. 하지만 아직은 아니다.

대마녀가 입을 열었다. 회의를 소집한 이유를 말하기 시작했다.

어둠의 세력이 다시 움직이기 시작했다. 그들이 움직이는 이유는 단 하나, 세상을 닫기 위해서다. 선과 악이 가까스로 균형을 이루고 있는 세상이 끝나고 나면 오직 악이 지배하는 세상이 될 것이다. 이를 막을 것인가, 내버려 둘 것인가를 결정하는 게 회의의 목적이었다.

대마녀의 말이 끝나고 나자 회의장에 침묵만 흘렀다. 누구도 섣불리 입을 열지 않았다. 어느 정도는 짐작한 바였다. 최근 들어 수상쩍은 사건이 빈번히 일어났으며 마녀들은 그것이 징조임을 예감했다.

이런 회의가 처음은 아니었다. 길게는 몇백 년, 짧게는 몇십 년에 한 번 같은 사안을 두고 회의가 소집됐다. 징조는 다양한 모습을 띠었다. 속수무책인 전염병, 잔인한 범죄, 참혹한 전쟁, 걷잡을 수 없는 자연재해 등, 갖가지 재난의 형태로 세상 곳곳에서 발생했다. 그때마다 마녀들은 선택해야 했다. 세상이 닫히도록 둘 것인가, 지속시킬 것인가.

또 한 번, 선택의 순간이었다.

어떤 선택이든 그 대가는 녹록지 않았다. 세상이 닫히는 것을 막으려면 어둠의 무리와 한바탕 전쟁을 치러야 한다. 전쟁을 피한다면 어둠의 세력에게 이 세계를 넘겨줘야 한다. 세상이 닫히고 나면 눈살 찌푸릴 일이 많아질 것이다. 하지만 지금도 마땅찮은 일들은 사방에 널려 있었다. 어떻게 되든 마녀들로서는 별로 달라질 게 없었다. 감당은 인간들의 몫이었다. 어차피 인간들이 자초한 일이었다. 어둠의 세력을 불러들이는 건 언제나 인간들이었다.

"한번 뒤집을 때도 되지 않았나요. 그 이후의 세상이 뭐, 그렇게 나쁘지 않을지도 모르죠."

대마녀의 왼쪽 맨 앞줄에 앉은 마녀가 처음으로 입을 열었다. 그의 이름은 '밤을 듣는 자'였다.

마녀는 수련이 끝난 뒤 새로운 이름을 부여 받는다. 이름은 전수자 마녀와 대마녀, 그리고 대마녀의 회의에 참석하는 마녀 중 하나, 이렇게 셋이 모여 결정했다. 마녀의 이름을 짓는 일은 매우 중요했다. 이름은 그의 능력과 자질, 품성을 상징하는 것이자 비로소 마녀의 세계에 받아들여진다는 증표였다. 또한 이름은 일종의 구속력을 지녔다. 이름이 마녀의 앞날을 예측하는 탓이다. 즉, 이름은 마녀의 운명과도 같았다.

밤을 듣는 자는 삼천 년 넘게 회의에 참석한 마녀로, 언제나 세상을 닫는 쪽에 찬성해 왔다. 삼천 년 전에도 그는 세상을 닫을 때가 됐다고 주장했다. 그는 대마녀의 자리를 노리는 이 중 하나였고 굳이 그것을 숨기려 들지도 않았다. 회의장에 있는 모든 마녀는 물론 대마녀도 잘 알고 있었다. 그가 대마녀의 처벌을 받지 않은 것은 후계자가 될 만한 재능을 지녔기 때문이었다. 대마녀가 될 자질까지 겸비했는지는 두고 볼 일이었다.

"인간들이 자초한 일이잖아요. 인간들은 참 재미난 게, 자신을 망치고 싶어서 늘 안달이죠. 그렇다면 원하는 대로 해 줘요."

탁자 중간에 앉은 마녀가 동조하며 말했다. 그의 이름은 '숨기는 자'. 천칠백 년 정도 회의에 참석해 왔다. 그동안 그의 의견은 반반이었다. 질병과 자연재해 때는 인간의 편에 섰지만 인간들이 전쟁을 일으켰을 때는 세상을 닫는 데 찬성했다.

"우리는 인간들과 오랫동안 함께 살아왔다는 걸 잊지 말아요."

세 번째로 입을 연 이는 대마녀의 오른쪽에 앉은 마녀였다.

그의 이름은 '멀리 보는 자'. 회의장에서 대마녀 다음으로 나이가 많았으며 가장 오랫동안 회의에 참석해 왔다. 그는 현명했고 마녀들에게서 존경을 받았다. 대마녀가 후계자로 낙점했다는 말이 있었으나 소문은 소문일 뿐이었다. 그는 정작 대마녀 자리에 별 관심 없는 것 같았다.

즉시 반격이 들어왔다.

"그 인간들이 변변치 않으니 말이죠. 인간들이 얼마나 고약한 존재인지 잘 아시잖아요. 심지어 어린애들까지 그렇죠. 얼마 전에는 꼬마 녀석들이 우리 집 고양이를 잡아다 꼬리에 불을 붙이려고 했다니까요. 제가 혼쭐을 내서 쫓아 버렸지만 그 녀석들은 달아나면서도 낄낄거렸어요. 그 애들은 이미 어둠의 세력에 물들었다고요. 악마나 다름없어요."

테이블의 맨 끝, 대마녀와 마주 보는 자리에 앉은 젊은 마녀였다. 그의 이름은 '이야기를 짓는 자'다. 처음으로 회의에 참석했지만 위축된 기색도 거리낌도 없었다.

"우린 어쨌든 이 세상에 꽤 익숙해져 있어요. 세상이 바뀌고 나면 다시 적응해야겠죠. 생각보다 번거로운 일일지도 몰라요."

멀리 보는 자가 젊은 마녀, 이야기를 짓는 자를 부드러운 눈으로 바라보며 말했다.

"변화가 두렵다고 방치해선 안 되죠."

부드러운 눈빛을 물리치며 이야기를 짓는 자가 말했다.

"하지만 그 변화가 더 낫다는 보장은 없어요. 세상을 닫고 나면 다음 표적은 우리가 될지도 몰라요. 어둠의 세력은 그러고도 남을 존재들이니까요."

멀리 보는 자의 말이 끝나자 누군가 중얼거렸다.

"프라이팬에서 불로 뛰어드는 격이지."

잠시 웃음소리가 났지만 못마땅한 얼굴로 정색하는 이들도 있었다.

밤을 듣는 자가 헛기침 소리로 시선을 모은 뒤 말했다.

"세상을 유지하기 위해서는 우리 쪽 희생이 만만치 않을 거라고. 늙어서 다 잊어버린 거야? 육백 년 전 싸움 기억 안 나? 우리도 끝장날 뻔했다고."

누구를 겨냥해서 한 말인지 분명했다. 밤을 듣는 자와 멀리 보는 자는 오랫동안 회의에 함께 참석했으나 대부분 의견이 엇갈렸다.

"잘 기억하고 있어요. 그렇게 지켜 낸 게 이 세상이라는 것 역시 잊지 않았지."

멀리 보는 자가 낮지만 명확한 목소리로 말했다.

멀리 보는 자의 말이 끝나자 회의장은 소란스러워졌다. 대마녀는 침묵하며 지켜보았다.

하룻밤과 하룻낮이 지나도록 회의는 지속됐다. 치열한 토론 끝에 투표로 결정했다. 한 표 차이였다. 반대한 일곱 명도 여덟 명의 의견에 따라야 했다. 세상은 닫히지 않는다. 그것이 결정이었다.

그리고 전쟁이 시작됐다. 각지에서 소집된 마녀들이 전쟁에 나섰다. 세상의 거의 모든 마녀가 달려왔다. 석 달하고 열세 밤 동안 이어진 전쟁에서 마녀들은 승리했지만 마녀들의 피해도 만만치 않았다. 죽거나 치유될 수 없는 큰 상처를 입은 이들도 있었다. 많은 이들이 자신의 집으로 다시 돌아가지 못했다. 어둠의 세력에게 당한 이들도 있었지만 다른 세력에 당한 이들도 있었다.

그 전쟁에는 또 하나의 전쟁이 있었다. 세력을 넓히고 힘을 쥐고자 하는 마녀들이 전쟁을 기회로 삼았다. 마녀가 또 다른 마녀를 공격했다. 이 싸움의 결과, 마녀의 세계는 전과 달라졌다. 많은 것이 무너지고 사라졌는데, 상당 부분 복구했으나 끝내 돌이킬 수 없는 것도 있었다. 그중 하나는 신뢰였다. 그것을 잃고 나자 마녀들은 뿔뿔이 흩어졌다.

"그렇게 된 거지."

"할머니는 어느 쪽에 당한 거야?"

"그건 나도 몰라."

"왜 말해 주지 않았어?"

"그때 너는 어렸어. 모르는 게 나았지."

"이젠 알아야 한다는 거네."

"그래."

"결계가 풀린 것과 상관있어?"

"그래, 맞아."

"이제 어떻게 되는 거지?"

"전통적인 절차에 따르면 대마녀가 회의를 소집해야겠지. 하지만 이번엔 회의가 없을 거야. 지난 전쟁 끝에 대마녀 또한 사라졌거든. 죽은 건 아니야. 어딘가 살아 있어. 나는 그렇게 생각해. 대마녀가 죽었다면 너는 결계 같은 걸 칠 필요도 없었을 거야. 이미 세상은 닫혔을 테니까."

"세상이 닫힌다는 게 무슨 뜻이야? 멸망이라도 한단 거야?"

"우선은 하나하나 사라질 거야. 이것저것. 좋은 점도 있지. 없어져야 할 게 자연스럽게 사라지거든."

"없어지지 말아야 할 것도 사라진다는 얘기지?"

"넌 늘 똑똑했어."

"막을 방법이 있어?"

"막고 싶니?"

나는 잠시 생각해 보았다. 막아야 하는가. 아니다. 내가 생각할 문제가 아니다. 나와 무관하게 벌어지고, 벌어질 일들이다. 내가 할 수 있는 건 아무것도 없다.

"할머니라면 막으려고 했겠지?"

"그래, 그 양반은 이상하게도 낙관적인 데가 있었지. 늘 인간에게 실망하면서도 포기하지 않았어."

"엄마라면?"

"글쎄, 하지만 따져 보면 말이지, 마녀들은 원래 인간이었거든. 대개는 세상에서 버림받은 아이들이었지. 마녀가 된 뒤에는 외면당했고. 난 세상이 닫히든 말든 상관없어. 사실 한번 뒤집어 보고 싶기도 해. 그렇지만 내 딸들이 사는 세상이라면 얘기가 달라지지."

"세상이 닫히면 어떻게 돼? 마루와 나는?"

"그건 아무도 모르지. 한 번도 경험해 보지 못했으니까. 하지만 짐작은 해 볼 수 있지. 이 세계가 사라지는 거야. 너희는 이 세계에 속해 있고."

머리가 지끈거렸다. 나는 잠시 소파 위 벽을 바라보았다. 벽과 천장이 맞닿은 부분에 거미줄이 보였다. 우리는 청소를 게을리하지 않지만 거미줄은 남겨 두었다. 거미를 죽이면 불운이 온다고 들었다.

나는 물었다.

"엄마는 왜 이런 모습으로 변한 거야?"

"왜? 나는 이대로도 괜찮다고 생각하는데. 혹시 나를 돌봐 주는 게 귀찮은 거니?"

"그런 건 아니야."

"밥과 청소라면 가끔 가사 도우미 도움을 받아도 될 텐데."

"방이 서른 개나 있는 집에 누가 가사 도우미로 와. 그런 건 나 혼자서도 아니, 마루와 둘이서 충분히 할 수 있어."

"그래, 생각보다 꽤 잘하더라."

"다시 돌아오긴 하는 거야, 엄마?"

"난 언제나 너희 곁에 있어. 세상이 닫히기 전까지는."

잠시 엄마와 나는 마주 보았다. 미소를 띤 채 무시무시한 말을 하다니 엄마는 하나도 변하지 않았다. 거의 협박이나 마찬가지였다. 세상이 닫히는 걸 막으라는 협박. 하지만 씨도 안 먹힐 소리다. 그런 골칫거리를 숙제로 주려 했다면 적어도 내게 마법 지팡이나 빗자루 같은 거라도 하나 남겼어야 했다.

엄마의 둥그스름한 얼굴은 예전과 똑같은 듯도 하고 낯설어 보이기도 했다. 할 말이 잔뜩 있지만 어느 것도 중요치 않은 것 같아 나는 그저 엄마 얼굴을 말없이 바라보기만 했다. 엄마 눈이 점점 노랗게 변했다. 엄마는 다시 만옥이로 돌아갔다.

만옥이는 소파에 누운 채 잠들었다. 나는 만옥이의 정수리에 얼굴을 묻었다. 고소한 아몬드 냄새가 났다. 엄마 냄새는 거의 나지 않았다.

상자

여기 봐, 마령. 여기 상자가 있어.

내 눈에는 안 보이는데.

상자가 있다고 상상해 보는 거야. 여기 상자가 하나 있고 그 상자 안에는 고양이가 한 마리 들어 있어. 상자는 사방이 막혀서 고양이는 상자 밖으로 나올 수 없고 너는 고양이를 볼 수 없어.

귀여운 고양이야?

응? 어, 그렇지.

고양이는 왜 상자에 들어갔어?

고양이는 원래 상자를 좋아해.

상자 안에서 뭘 하는데?

그래, 이제 누군가 뭘 해 보려고 했어. 그 사람은 그러니까, 연구를 하는 사람이야.

연구?

응, 생각을 많이 하고 실험을 하는 사람이야. 과학자라고 부르지. 과학자는 상자 안에 독가스가 가득 찬 병과 방사성 핵, 그리고 그 핵이 새는지 알아보는 기계를 넣어.

방사성 핵이 뭐야?

아주 무서운 거야. 많은 양이 모여 있다 터지면 아주 위험해.

그런 걸 왜 고양이 옆에 둬?

그게 그 사람들 일이야. 과학자들. 기계와 병은 연결되어 있어서 기계가 핵이 새는 걸 발견하면 병이 깨지게 돼. 그러면 병에서 독가스가 조금씩 스며 나와.

나는 울기 시작한다. 독가스를 마시면 고양이가 죽는다는 걸 어린 나는 알고 있다.

엄마는 난처한 얼굴로 나를 달래며 말한다.

마령, 실제로 그런 실험을 한 건 아니야. 과학자는 그런 상자가 있다고 가정해 본 거야. 고양이도 넣지 않았어.

그런 실험은 안 했으면 좋겠어. 고양이가 안 죽었으면 좋겠어.

울면서 나는 말한다.

엄마는 밤마다 책을 읽었고 책에서 읽은 내용을 내게 알기 쉽게 설명해 주려고 했다. 책의 내용은 다양했다. 저 멀리 시베리아 벌판을 횡단하는 기차와 아이슬란드의 밤하늘에 펼쳐지는 오로라, 남극의 펭귄과 빙하 위의 북극곰, 새끼를 데리고 바다를 건너는 돌고래 떼, 우주를 항해하는 스푸트니크호와 가련한 라이카. 어떤 건 괜찮았고 어떤 건 전혀 알 수 없었다. 사람들이 왜 그랬어? 그게 내가 엄마에게 제일 많이 한 질문이었고 그때마다 엄마는 어쩐지 눈은 슬픈데도 입가에 미소를 지으며 말했다. 그게 인간이야.

나는 엄마의 이야기들이 인간의 잔인함을 말하는 거라고 생각했다. 세상을 망치는 건 언제나 인간들이었기 때문이다. 하지만 나는 엄마의 의도를 잘못 파악한 것 같다. 엄마는 내게 경고하고 싶었는지 모른다. 이 잔혹한 곳이 바로 내가 살아야 할 세계라고.

상자 속 고양이는 죽을 수도 있고 죽지 않을 수도 있다. 하지만 독가스가 퍼지기 전에 상자를 열어 고양이를 꺼낸다면 고양이는 죽지 않는다. 그것은 과학과는 아무 상관 없는 일이다. 그러나 내 세계와는 조금 관계있는 일이다.

나는 소중한 것을 잃고 싶지 않다. 내게 소중한 것이 있다면. 찾아보면 한두 가지는 있을 것이다. 어쩌면 서너 개쯤.

나는 밤이 깊을 때까지 잠들지 못했다. 아직은 아무 일도 없다. 곤히 잠든 마루의 숨소리가 내게 위안을 준다. 나는 이불을 끌어당겨 마루에게 덮어 줬다.

친구

일요일 새벽, 나는 시장 근처 버스 정류장으로 갔다. 의자에 앉아 조금 기다리자 큼직한 배낭을 멘 명리가 나타났다. 의외의 장소와 시간에 나를 본 명리는 놀랐다.

"어디 가?"

"아니, 너 만나러 왔어."

"에엥?"

명리의 눈이 휘둥그레졌지만 입가에는 웃음이 퍼졌다. 명리가 내 옆에 나란히 앉았다.

"축구는 할 만해?"

"그냥 하는 거지, 뭐. 어, 혹시 너도 생각 있냐?"

"재밌을 것도 같은데……. 그보다 명리야."

명리의 눈이 다시 크게 열렸다.

명리의 아빠는 정직한 사람이다. 늘 싱싱한 생선을 가게에 들이고 이윤은 적절히 남겨 팔았다. 얼마나 정직한지 자신의 가게 이름을 '청룡 수산'으로 지은 사람이다. 그는 청룡이고, 그의 먼 조상들도 대대로 청룡이었으며, 고로 명리는 청룡의 딸이다.

나는 처음부터 알고 있었다. 명리의 뒤로 길게 드리운 용의 그림자를 알아보았다. 명리가 흥분할 때면 종종 귀 뒤로 푸른 비늘이 살짝 비치곤 한다. 그게 참 귀여웠다. 명리도 알고 있다. 내가 자신의 정체를 안다는 것을. 물론 명리도 내 정체를 일찌감치 파악했다. 우리는 서로 모르는 척하며 지내 왔다. 일종의 예의였다. 하지만 나는 이제 그 예의를 깨려 한다. 그래야 할 때였다.

"어둠의 세력이 움직이고 있어."

명리의 표정이 변했다. 명리 뒤로 희미하게 용의 그림자가 드리워졌다.

"시작된 거구나."

예상보다 덤덤하게 명리가 말했다.

"놈들이 세상을 닫을 거야."

"그렇게 되겠지. 너희 쪽에서 막지 않는다면."

"그래, 하지만 이번엔 상황이 좀 달라. 대마녀가 회의를 소집할 수 없거든."

"결국 그렇게 되는 건가. 아빠 말로는 세상이 망할 때가 됐다던데."

"네 생각은?"

"잘 모르겠어."

"생각해 봐."

"왜? 그런다고 뭐가 달라져?"

나도 잘 모르겠다. 세상 곳곳이 갈라지고 점점 벌어지고 있다. 이상 기후와 자연재해, 분쟁과 갈등, 혐오와 폭력, 증오와 분노, 전염병과 기아. 전조는 사방에서 일어나고 있다. 이대로 간다면 굳이 누군가 개입하지 않아도 세계는 멸망할 것이다. 그게 수순이다. 다름 아닌 인간들이 자초한 일이다. 이기심과 믿음은 서로 무관한 듯 보이지만 두 개가 더해지면 끔찍한 결과를 낳는다. 세상과 남들이 어떻게 되든 상관없다는 이기심과 그래도 자신만큼은 끄떡없을 거라는 믿음이 만나 강력한 시너지 효과를 낸다. 악의 에너지다. 어둠의 세력은 그런 틈을 귀신같이 파고든다.

이대로 순순히 이 세계를 놈들에게 넘겨주고 싶진 않다.

"할 수 있다면…… 난 막아 보고 싶어."

"너 혼자?"

"그래서 왔어."

명리의 표정이 굳어졌다.

"넌 날 도와줄 거라 생각해."

"……왜?"

마녀와 청룡은 별로 사이가 좋지 않지만 드물게 예외가 있었다. 목적이 같을 때였다. 적이 같을 때도 한편이 되었다. 그 외 다른 경우를 생각해 보았다. 그것이 가능한지 잘 모르겠다. 하지만 다른 답을 찾을 수 없어 나는 말했다.

"넌 내 친구니까."

"그건 마령과 명리일 때의 얘기지. 마녀와 청룡은 친구가 될 수 없어."

명리의 그림자는 좀 더 분명해졌다. 태양이 뜨거워졌고 우리는 더 이상 입을 열지 않는다.

저만치 명리가 탈 버스가 오고 있었다. 명리가 배낭을 메고 자리에서 일어났다.

"명리야."

명리가 돌아봤다.

"언제 한번 보고 싶어. 너 축구 하는 거."

명리가 씩 웃더니 버스에 올라탔다. 명리를 따라 버스 계단을 오르는 그림자의 긴 꼬리가 살랑 움직였다. 좋은 의미인지는 알 수 없었다. 그렇게 생각하고 싶었다.

나는 요양원으로 출근했다. 간밤에 할머니 두 명이 갑자기 세상을 떠났다는 이야기를 들었다. 그중 한 사람은 내가 마법을 속삭여 밥을 먹인 할머니였다. 모든 이에게 죽음은 언젠가는 겪을 일이다. 하지만 나는 이 죽음이 자연스럽다고 생각되지 않는다. 식판을 닦는데 눈물이 났고 나는 내버려 두었다. 그래도 될 것 같았다.

모색

희미하게 피비린내가 났다. 다른 사람은 맡을 수 없다. 나는 후각이 예민한 편은 아니다. 그저 느낄 뿐이다. 공기 속에 퍼지는 붉은빛. 냄새가 진해졌다. 뒤를 돌아보자 묘주가 서 있었다.

묘주의 먼 조상은 아름다운 은백색 털을 지닌 영민한 여우였다. 다른 여우들과 달리 은여우족은 꼬리가 여러 개였다. 꼬리를 공작새처럼 펼치면 광휘가 눈부셨다. 들은 바에 의하면 오백 년을 수행하면 꼬리가 둘로 갈라지고, 꼬리가 아홉 개가 되면 불사의 존재가 된다고 한다. 묘주의 꼬리는 두 개다.

딱 한 번 묘주의 꼬리를 본 적 있다. 학기 초였다.

화장실 앞을 지나는데 소란한 소리가 들려왔다. 화장실 입구에 서서 안을 들여다보자 남학생 둘이 여학생들에게 둘러싸여 있었다. 듣자 하니 남학생들이 여자 화장실 안에 숨어 여학생들을 휴대폰으로 찍고 있었다고 했다. 남학생들은 휴지를 가지러 들어왔을 뿐이라고 발뺌했다. 휴대폰을 내놓으라는 말을 무시하고 내빼려 했다. 여학생들이 붙잡자 남학생들이 밀치고 이내 몸싸움이 일어났다.

그때 화장실 구석에서 강렬한 기운이 느껴졌다. 세면대 앞에서 묘주가 굳은 표정으로 지켜보고 있었다. 남학생들이 여학생들을 밀치는 순간 묘주의 뒤로 꼬리가 살며시 솟아났다. 풍성하고 은빛이 도는 아름다운 꼬리였다. 꼬리를 본 건 나뿐이었다. 도망친 남학생을 잡기 위해 여학생들이 화장실에서 빠져나간 뒤였다.

여학생들은 남학생들의 불법 촬영을 학교에 알리고 문제 해결을 요구했지만 흐지부지됐다. 여학생 몇이 SNS에 이 사건을 올렸지만 역시 별 효과 없이 사건은 묻혔다. 조사가 시작된 건 교육청 감사 때문이었다. 이 사건으로 교육청에 민원이 접수되었다고 했다. 남학생들의 휴대폰에서는 별다른 사진이 발견되지 않았다. 조사가 시작된 건 휴대폰 사진을 백만 장쯤 지우고도 남을 시간이 흐른 뒤였다. 결국 오해라는 결론이 내려졌다. 남학생 화장실에 화장지를 넉넉히 비치하는 것으로 사건은 마무리되었다. 아무런 처벌도 사과도 없었다. 남학생 중 한 아이의 아빠는 학교 이사회 회장이었다.

그런데 얼마 뒤 휴대폰 촬영을 했던 남학생 두 명이 갑자기 학교에 나오지 않았다. 소문에 의하면 입원했다고 했다. 특별한 원인은 없는데 상태가 꽤 심각하다는 수상쩍은 이야기가 돌았다. 아무 상처도 없는데 온몸이 칼에 베인 듯 아프고, 불에 덴 듯 고통스럽고, 통증 때문에 손가락 하나 까딱할 수 없다고 했다. 잘 자지 못하고 악몽을 꾼다는 얘기도 있었다. 한참 뒤 두 남학생은 해골 같은 몰골로 다시 등교했다. 그들은 더는 휴대폰을 쓰지 못했다. 말 그대로 휴대폰에 손끝도 대지 못했다. 이상하게도 휴대폰만 잡으면 증상이 다시 시작됐다.

믿기 힘들지만 진짜였다. 두 남학생 중 하나가 몸에 휴대폰이 닿자 자지러지게 비명을 지르고 벌벌 떠는 걸 나는 똑똑히 봤다. 아이들은 재미난 장난감을 갖게 됐다. 몸에 휴대폰만 슬쩍 갖다 대면 고무 수탉 인형처럼 처절한 비명을 질러 대는 우스꽝스러운 장난감. 한동안 아이들은 장난감을 한껏 가지고 놀았다.

나는 이 일에 누군가의 의지가 개입됐다고 생각했다. 그러지 않고서는 설명할 수 없었다. 화장실 구석에서 사건을 지켜보던 냉담한 얼굴을 나는 떠올렸다.

하지만 짐작일 뿐이었다. 묘주는 대개의 일에 초연했고 타인에게 관심 두지 않았다. 그래서 나는 망설였다. 하지만 확인해야만 할 때였다.

"어둠의 세력이 움직이기 시작했어."

"알아."

묘주가 담담한 표정으로 말했다.

"가만두면 세상이 닫힐 거야."

"그건 너희 담당이라고 알고 있는데. 이럴 때마다 마녀들은 신나서 달려들었잖아."

"이번엔 다를 거야. 우리 쪽에서 할 수 있는 일이 없어. 지난번 전쟁 때 피해가 컸거든."

"안됐구나."

나는 오랫동안 해 왔던 의심을 떨칠 수 없었다. 묘주는 어둠의 세력 쪽일지도 모른다. 은여우족은 오랫동안 인간들과 적대적인 관계였다.

나는 묘주의 눈을 들여다보았다. 투명하고 맑은 눈동자. 거기에는 내 모습이 비쳐 보일 뿐, 아무것도 읽을 수 없었다. 은여우족은 인간의 마음을 읽고 조종할 수 있다고 들었다. 묘주도 타인의 마음을 읽는 능력을 지녔는지는 모르겠다. 하지만 지금 묘주는 내 안의 감정을 분명 감지하고 있다. 의심과 망설임, 그리고 일말의 기대.

마녀와 여우족은 교류가 거의 없다. 여우족은 경계가 심했고 다른 종족과 여간해서는 관계를 맺지 않았다. 자신들의 터전이 위협받지 않는 한, 그들은 움직이지 않았다. 여우족은 영역을 중요시했다. 자기 영역을 침범하는 이들에게 자비는 없었다.

"나는 쭉 궁금했어. 왜 너희가 내 주위에 모여 있는지."

"우연이었을 뿐이야."

"그래, 우연이란 말을 쓰는 경우가 있지. 이유를 설명할 수 없을 때, 혹은 설명하기 싫을 때."

묘주는 창밖만 내다봤다.

운동장을 가로질러 교문을 빠져나가는 아이들이 몇 보였다. 아마도 학원에 갔다가 집으로 돌아가 간식을 좀 먹고, 종일 기다려 왔던 혼자만의 시간을 누리다 잠이 들 것이다. 아무 일 없이 세상이 돌아가고 있는 게 이상했다. 이대로 무사할지도 모른다. 그렇게 믿고 싶었다.

"묘주 넌 어느 쪽이야?"

"난 어느 쪽도 아니야."

"그래, 좋아. 그렇다면 세상이 닫히는 것에 대한 네 입장은?"

"매우 자연스러운 일이지. 한 세계는 언젠가 끝나게 돼 있어."

"언젠가는 그렇게 되겠지. 하지만 지금은 아니야."

"그건 네 바람이겠지. 할 수 있다면 뭐든 해 봐. 말릴 생각은 없어."

나는 묘주가 읽던 책들을 떠올려 보았다. 블랙홀과 화이트홀, 다중 우주가 등장했던 영화에서 본 것처럼 묘주의 머릿속에는 여러 개의 서랍이 차곡차곡 쌓여 있을 것 같다. 그 서랍 속에는 무수한 우주가 존재하지만 묘주의 서랍 속에 나를 위한 우주는 없었다.

교실 안으로 이랑과 명리가 들어와 앉았다. 잠시 뒤 능이도 왔다. 흘깃, 묘주와 나를 살피고 평소와 다른 분위기를 감지한 표정이지만 그들은 모르는 척했다. 능이가 차를 끓이고 묘주와 명리가 장기판을 두고 마주 앉았다. 이랑이 장기판 앞에서 나를 슬쩍 바라봤지만 나는 잠자코 교실에서 나왔다. 장기 둘 기분이 아니었다. 아무도 나를 돌아보지 않았다.

화학 시간

그레이엄 법칙. 기체들이 일정한 조건에서 확산되는 속도의 비는 각 기체의 질량의 제곱근에 반비례한다. 쉽게 말하자면, 같은 온도와 압력에서 가벼운 분자는 상대적으로 빨리 움직이고 무거운 분자는 느리게 운동한다는 얘기다.

위다솔 선생님이 칠판에 화학식을 적었다. 필기하는 아이들도 있었지만 엎드려 자는 쪽이 압도적으로 많았다. 과학실 안의 공기는 흐르지 않고 고여 있었다.

"그레이엄 법칙은 원자 폭탄을 만드는 데도 응용됐어요."

원자 폭탄이라는 말에 아이들 몇이 고개를 들었다.

"2차 세계 대전을 종전시킨 원자 폭탄이 바로 그레이엄 법칙을 이용해 만들어졌죠. 우리는 간단한 실험으로 그레이엄 법칙을 확인해 볼 겁니다. 물론 원자 폭탄을 만드는 건 아니에요."

선생님이 긴 유리관의 양쪽 끝에 액체를 적신 솜을 넣고 입구를 마개로 닫았다. 몇몇 아이들이 더 고개를 들었다.

"이 실험은 대표적인 기체 확산 실험입니다. 한쪽에는 염화수소를, 다른 한쪽에는 암모니아를 넣으면 두 기체가 확산하며 만나게 되죠. 자, 보이나요?"

유리관 속에 하얀 띠처럼 보이는 연기가 생겼다.

"띠의 위치를 잘 보세요."

그 순간 이상한 기분이 들었다. 뭐라 말로 표현할 수 없는 기묘한 느낌. 목덜미가 서늘해지면서 가슴이 짓눌린 듯 답답했다.

갑자기 펑, 하는 소리가 나며 유리관이 터졌다. 유리 파편이 사방으로 날렸다. 삽시간에 불이 붙었다. 비명이 울렸다.

잠에서 깨어난 아이들은 어리둥절한 표정으로 위다솔 선생님이 불과 싸우는 모습을 멀뚱히 바라봤다. 선생님의 무기는 출석부였다. 싸운다기보다는 춤을 추는 것 같았다. 뒷자리에 앉은 아이들은 재미난 구경이라도 난 듯 책상을 두드리며 낄낄거렸다.

불이 천장까지 솟구쳤다. 삽시간에 교탁을 집어삼키고 책상에 옮겨붙었다. 울리는 비명. 그제야 아이들이 앞다투어 문을 향해 뛰었다.

처절한 비명이 터졌다. 문이 열리지 않았다. 과학실 문은 하나뿐이다. 열리지 않는 문 앞에서 아이들은 절규했다.

구석에 놓인 작은 소화기를 발견했다. 소화기를 집어 들었지만 나는 사용법을 모른다. 위다솔 선생님이 달려와 소화기를 잡았다. 선생님은 사용법을 아는 것 같다.

틀렸다. 소화기는 작동되지 않았다. 책걸상을 타고 불이 삽시간에 퍼져 나갔다.

이상했다. 그 순간, 모든 것이 느리게 움직이기 시작했다. 배수구로 물이 빨려 들어가듯 소리가 쑥 빠져나가고, 아이들은 춤추듯 흐느적거린다. 마치 리모컨 느리게 감기 버튼을 누른 것처럼. 나는 영화를 보고 있다. 푹신한 소파에 앉아 만옥이를 쓰다듬으며. 나는 언제라도 리모컨을 눌러 장면을 멈출 수 있다. 왜냐하면 이건 영화고, 현실이 아니니까.

정신 차려.

누군가 귓가에 대고 말한다.

이건 진짜야.

비명이 귀를 찢는다. 다시 모든 것이 빠르게 흐른다.

불길이 교실 뒤편 유리장을 향해 거침없이 달려갔다. 유리장에 붙은 화기 주의 경고문. 펑. 터지는 소리가 고막을 때린다. 날카로운 파편이 사방으로 튀었다.

검은 연기가 자욱하고 불은 걷잡을 수 없이 커졌다. 아이들이 열리지 않는 문을 두드리고 발로 차며 악을 쓰고 울었다.

"비켜!"

이랑이었다.

이랑이 그대로 문을 향해 돌진했다. 문이 부서지며 떨어져 나간다. 아이들이 울부짖으며 복도로 뛰쳐나갔다. 누군가 내 손을 잡았다. 이랑.

이랑의 손에 이끌려 자욱한 연기 속을 헤쳐 교실을 빠져나간 순간 뒤에서 다급한 비명이 터졌다. 도와달라는 절규. 돌아보자 쓰러진 아이를 끌어내려고 선생님이 사투를 벌이고 있었다.

불붙은 선반이 넘어지며 선생님과 아이를 덮치려 한다. 이랑이 더 빨랐다. 불 속으로 뛰어든 이랑이 선반을 들어 창을 향해 던졌다. 쓰러진 아이 하나를 둘러업고 이랑이 뛰어나왔다. 그러고는 다시 교실로 들어갔다. 그리고 한 명 더.

마지막 아이를 교실 밖으로 옮기자마자 고막을 찢는 듯한 폭발음이 울렸다. 교실을 단숨에 삼킨 불이 달아나는 우리를 뒤쫓아 왔다.

우리는 느리고 불은 빨랐다. 희미하게 사이렌 소리가 들려왔다. 불은 내 바로 뒤에 있었다. 악마 같은 불.

그래, 이게 바로 시작이지.

귀에 익은 목소리가 내 귀에 속삭인다. 복도 끝 방 안쪽에서 들려오던 목소리. 나를 겁박하고 저주하던 목소리. 내 눈알을 파고 팔과 다리를 하나하나 떼어 내 갈가리 찢어 버리겠다고 으르렁거리던 목소리가 말한다.

너는 아무것도 아니야.

나는 대꾸해 보려 하지만 소리는 목에 걸려 나오지 않는다. 그
리고 암흑.

호수

숲속에 호수가 있었다. 울창한 침엽수로 에워싸인 어두운 진녹색 호수. 볕이 뜨거운 여름 오후, 우리는 호수에 가곤 했다.

물이 맑아 바닥이 또렷이 들여다보였다. 고운 모래와 매끄러운 돌이 깔려 있고 작은 물고기들이 떼 지어 헤엄쳐 다녔다. 물은 여름에도 차가웠다. 마루와 나는 잠시 주저하다 이내 물속으로 뛰어들었다. 엄마와 할머니는 호숫가 나무 그늘에 앉아 우리를 지켜봤다. 한바탕 물놀이를 하고 나면 커다란 수건을 몸에 두르고 뜨거운 수프와 자두를 먹었다. 배가 차면 다시 물속으로 뛰어들었다.

볕이 누그러지면 엄마는 마루와 나를 작은 보트에 태우고 노를 저어 호수를 한 바퀴 돌았다. 엄마가 노를 젓는 동안 나는 물속에 손을 담가 작은 물살을 만들었다. 작은 새가 뱃머리에 앉았다 포르릉 날아올랐다. 할머니는 축축하고 기름진 땅에서 자란 식물을 채집하며 가끔 고개를 들어 우리를 바라보았다. 그때마다 마루와 나는 할머니를 향해 손을 흔들었다. 가까운 거리지만 이상하게 아득해 보였다.

호숫가에는 자작나무들이 그 너머 검은 침엽수들을 배경으로 창백하게 서 있었다. 이따금 바람이 불면 자작나무 잎들이 하얗게 배를 뒤집고 은빛으로 반짝였다. 보트가 호수 가운데에 멈췄다. 들여다보면 물색이 짙어 깊이를 가늠하기 어려웠다.

짙은 물 아래로 죽은 나무들이 쓰러져 뒤엉켜 있었다. 수면이 이지러지면서 기묘한 형태가 됐다. 나무들이 꼭 성난 괴물처럼 보였다. 갑자기 거센 바람이 불어와 보트가 기울었다. 무언가 보트 위로 올라오는 걸 나는 봤다. 끈적거리고 축축한 검은 손. 검은 손은 보트를 잡고 흔들었다. 보트가 요동쳤다. 집채만 한 파도가 일어났다. 나는 난간을 꼭 잡은 채 두려워 눈을 감고 소리를 질렀다. 세찬 물보라가 뺨을 때렸다.

돌연 고요해졌다. 눈을 떠 보니 보트 위에는 나 혼자였다.

나는 허리를 굽혀 물 아래로 소리 질러 엄마와 마루를 불렀다. 물속에서 괴물들이 몸을 뒤흔들며 낮게 으르렁댔다. 고개를 돌려 호숫가를 바라보지만 할머니의 모습은 어디에도 없었다. 맑고 고요한 물 위로 죽은 물고기 한 마리가 하얀 배를 드러낸 채 떠올랐다. 호수 위로 울부짖는 소리가 퍼져 나갔다. 엄마, 엄마.

언니, 언니.

눈을 떴다. 쏟아지는 불빛. 다시 눈을 감았다. 눈꺼풀 위로 빛
조각이 떠다녔다. 졸렸다. 참을 수 없이 졸음이 쏟아졌다. 이대로
좀 더 자고 싶지만 나는 눈꺼풀을 힘겹게 밀어 올렸다.

하얀 천장과 벽. 그리고 마루.

나를 내려다보는 마루의 눈가가 붉었다. 울었나 보다. 왜? 왜 울
어, 마루야?

"괜찮니, 마령?"

위다솔 선생님이었다. 선생님은 환자복 차림이었다. 어리둥절
했다. 그러다 정신이 들었다. 병원이었다.

"괜찮아요. 나 괜찮아, 마루야."

메마르고 갈라진 소리가 새어 나왔다. 내 목소리 같지 않았다.
마루가 내 목을 꼭 그러안았다. 나도 마루를 안아 주려 했지만 팔
이 말을 듣지 않았다. 팔에 링거가 꽂혀 있었다.

"얼굴, 다쳤어요?"

선생님 한쪽 뺨에 넓게 거즈가 붙어 있었다.

"별거 아니야. 몇 바늘 꿰맸는데 흉터도 안 남을 거래. 마령아,
이거 몇 개?"

선생님이 손가락 두 개를 세워 보였다.

"소용돌이네요."

무슨 소리냐는 표정으로 선생님이 나를 바라봤다.

"지문이 소용돌이 모양인 사람은 고집이 세고 남의 말을 안 듣는다죠."

기가 차다는 듯이 선생님이 피식 웃었다.

"말짱하네, 마령."

나는 가까스로 입가를 움직여 웃어 보였다. 웃는 것마저 힘겨웠다. 몸에 힘이 하나도 없었다. 의식 없는 채로 몇 가지 검사를 받았다고 했다. 검사 결과 별 이상은 없었으나 깨어나지 않아 모두를 걱정시킨 모양이다.

하루 동안 굉장히 많은 일이 일어난 기분이었다. 몹시 피곤했다. 일어날 힘도 없지만 집에 돌아가고 싶었다. 한때는 괴물들의 소굴이었던, 전체적으로 어수선한 데다 푹 꺼진 소파와 그 위에서 자는 만옥이가 있는 집이 지독하게 그리웠다. 하지만 하루 이틀 더 입원해서 경과를 지켜봐야 한다고 했다.

"고집도 참. 너흰 똑같구나. 누가 친구 아니랄까 봐. 이랑도 고집 한번 대단하더라. 검사 좀 받아 보자는데 괜찮다고 우기더니 집으로 내빼 버렸어."

이랑과 친구가 아니라는 말은 굳이 하지 않았다.

"그렇게 도망간 이유가 있겠지만."

선생님이 혼잣말처럼 중얼거렸다. 잘못 들은 것 같았다. 나는 선생님을 멍하니 바라보았다. 눈이 마주친 선생님이 싱긋 웃었다. 역시 잘못 들었다.

"그런데 선생님, 그 실험 위험한 거예요?"

"무슨 실험? 아, 기체 확산 실험? 모든 실험은 안전을 장담할 수는 없지. 사고를 피하기 위해 대비할 뿐이지."

선생님이 내 눈을 잠시 들여다본 뒤 말했다.

"수도 없이 연습해 봤는데 아무 일 없었어. 애초에 불이 날 만한 실험이 아니야. 나도 영문을 모르겠어. 경찰들이 계속 물었지만 내가 더 말해 줄 수 있는 건 없었어. 왜 위험한 실험을 학교에서 했냐고 하지만 그게 내 일인데…… 경찰들이 자꾸 물으니 내 잘못인가 싶어지더라."

선생님이 침울하게 말했다. 그 와중에 경찰 조사를 받은 모양이었다. 열정적인 이 선생님은 이제 이론 수업만 하게 될지도 모르겠다.

"선생님 탓이 아니에요."

선생님은 억지로 웃으려 했지만 표정이 어두웠다.

뭔가 예감이 들었다. 자연스럽지 않은 어떤 일이 벌어지고 있는 느낌. 이건가. 이게 그 시작인가.

갑자기 졸음이 밀려들었다. 노란빛이 도는 링거액이 몸속을 돌며 저항해 봐야 소용없다고 말했다. 나는 항복하고 잠에 빠져들었다.

아가, 엄마 안 죽었어.

나는 호숫가 풀밭 위에 누워 있고 엄마와 할머니가 걱정스러운 얼굴로 나를 내려다보고 있다. 한참을 잔 것 같았다. 몹시 배가 고 팠다. 우리는 집으로 돌아갔다.

호수는 그 뒤로 사라졌다. 할머니와 엄마는 우리를 위험하게 하 는 것을 내버려 두지 않았다. 즐거움은 사라졌지만 그 대신 우리 는 안전했다.

이제 우리를 지켜 주는 이는 없다.

그림자

얕은 잠에서 깨어났다. 문밖 복도에서 들리는 기척에 귀를 기울였다. 발걸음 소리가 멀어졌다. 나는 몸을 돌려 침대 밑을 내려다보았다. 보조 침대에서 자고 있던 마루가 없었다. 화장실에라도 간 건가. 마루와 나는 한 번도 떨어져 자 본 적 없다.

나는 몸을 일으켰다. 어둑한 병실 안에 코 고는 소리와 고단한 숨소리가 울렸다. 블라인드를 내린 창 사이로 이따금 불빛이 번득였다. 자동차 헤드라이트 불빛일 것이다. 희미하게 사이렌 소리가 들렸다. 죽음은 밤을 가리지 않는다. 다시 불빛이 스며들었다 사라졌다. 그러고 나자 벽에 그림자가 비쳐 있었다.

귀가 뾰족하고 주둥이가 길쭉한 그림자. 동화 속 모습 그대로였다. 새끼 염소들을 통째로 삼킨 늑대, 아기 돼지 삼 형제를 쫓던 늑대, 빨간 두건의 할머니로 변장한 늑대. 그리고 이랑의 모습을 한 늑대.

"드디어 시작된 모양이야."

나는 이랑을 향해 말했다.

"이제 시작일 뿐이지."

어둠 속에서 이랑이 대답했다.

"난 네가 어둠의 세력 쪽이라고 생각했어."

"지금은 아니란 말이야?"

"잘 모르겠어. 불을 낸 게 너니?"

"그렇다고 생각해?"

"아니길 바라지."

"난 귀찮은 짓 안 해."

"아이들을 구했잖아."

"시체 타는 냄새를 싫어하거든."

"여긴 왜 왔어?"

"문병."

"빈손으로 왔네. 난 바나나우유 좋아하는데."

"네가 여기저기 들쑤시고 다닌다는 얘길 들었어."

"겨우 둘이었어. 명리와 묘주. 그다음은 너였는데 마침 찾아와
줬네."

"그래 봐야 소용없어."

"그 얘길 하러 왔니?"

대답이 없었다. 간 건 아니었다. 이랑은 시간이 필요한 모양이었다. 여기 온 이유를 말하는 데 시간이 많이 필요하지 않았으면 좋겠다. 문밖에서 소리가 들려왔기 때문이다. 낮은 으르렁거림, 헐떡이는 소리, 더러운 숨을 내뿜는 거친 소리. 재빠르게 다가왔다.

문이 왈칵 열리고 검은 형체들이 쏟아져 들어왔다. 병실 안은 삽시간에 추악한 공기로 가득 찼다. 지옥에서 올라온 듯한 끔찍한 모습. 놈들이 무시무시한 이빨을 드러내고 눈을 희번덕이며 짖어 댔다.

이랑은 이미 사라지고 없었다. 검은 형체들이 열린 창 앞에 모여 우우우 괴성을 질렀다. 이리저리 날뛰던 놈들이 침대에 올라타 잠든 이들의 목을 물어뜯기 시작했다.

놈들이 내게 다가온다. 악취 나는 침을 흘리며 내 목에 이빨을 박으려 한다. 나는 끔찍하게 벌어진 놈의 입을 베개로 막고 안간힘을 다해 버티며 주문을 외운다. 이 순간 떠오르는 단 하나의 주문. 나는 목이 터져라 엄마를 부른다. 베개가 터지고 날카로운 이빨이 내 목에 닿은 찰나, 주문이 효력을 발휘한다. 내 몸에서 놈이 떨어져 나갔다. 놈은 허공을 날아 그대로 벽에 내동댕이쳐져 죽는 소리를 냈다. 차례차례 다른 침대 위에 있던 놈들도 나가떨어진다.

꼬리를 감추고 검은 형체들이 달아났다. 그 뒤를 쫓는 크고 날랜 늑대 한 마리. 늑대는 검은 그림자를 쫓아 복도를 달려 사라졌다. 창밖으로 둥글고 환한 달이 보였다. 보름이었다. 사방에서 피 냄새가 진동했다.

멀리 사이렌 소리가 요란하게 들려왔다. 잿빛 연기가 달을 삼킬 듯 하늘로 치솟았다. 마루가 병실 안으로 달려 들어와 내게 안겼다. 떨고 있는 몸을 나는 꼭 안았다. 이랑이 찾아온 이유는 듣지 못했다.

불구덩이

버스를 놓쳤다. 분명 시간에 맞춰 정류장에 도착했는데 버스가 오지 않았다. 다음 버스는 한 시간 뒤였다. 버스가 자주 다니는 길까지 걸어서 삼십 분. 그렇게까지 수고해서 학교에 가고 싶지는 않았지만 마루가 앞장서 걸었다. 그렇다면 별수 없다. 나는 뒤따라 걷기 시작했다.

운이 없는 날이었다. 삼십 분 걸어 도착한 정류장에서 한참 기다렸지만 웬일인지 버스가 오지 않았다. 어중간했다. 걸어서 집까지 한 시간, 학교까지도 한 시간이었다. 마루가 학교 쪽으로 걸어갔다. 마루가 그렇게 정했다면 어쩔 수 없다.

이미 수업이 시작했을 시간에 도시에 도착했다. 후텁지근한 날씨에 거리는 열기로 가득했다. 교복 셔츠가 땀에 젖어 후줄근해졌다. 학교고 뭐고 어디 시원한 곳에 들어가 차가운 음료수를 목에 들이붓고 싶었다. 예를 들면 에어컨 바람이 쌩쌩 부는 편의점 같은 곳. 나는 이마를 닦으며 사방을 둘러보았다.

이상하게 도시가 낯설었다. 하루를 시작하는 소리와 움직임으로 북적여야 할 거리가 조용하기만 했다. 차도 사람도 다니지 않았다. 마치 도시를 본뜬 거대한 영화 세트장 같았다. 영화 장르는 좀비물.

갑자기 거리가 요란해졌다. 사이렌 소리를 울리며 구급차가 달려왔다. 가로막는 차가 없어 구급차는 거침없이 달려 사라졌다. 또다시 사이렌 소리. 이번엔 소방차였다. 눈을 들어 보니 소방차가 달려간 방향에서 검은 연기가 맹렬하게 뿜어져 나오고 있었다. 매캐한 냄새가 날아왔다.

마루가 멍하니 서 있었다. 마루의 시선을 따라가자 편의점이었다. 그러나 에어컨 바람과 차가운 음료수는 틀린 것 같았다. 편의점 입구 유리문이 깨져서 사방에 유리 파편이 깔려 있었다.

편의점 안은 난장판이었다. 냉장고는 입을 활짝 벌린 채 텅 비어 있고 선반도 마찬가지였다. 바닥엔 유리 조각과 쓰레기가 나뒹굴었다. 편의점 옆 화장품 가게도 마찬가지였다. 틀만 남은 문 안으로 한바탕 태풍이 쓸고 간 듯했다. 그 옆 식당은 철문이 굳게 내려져 있다. 가게 앞 커피 자판기가 박살 나 있었다. 줄줄이 늘어선 가게 모두 비슷했다. 상가 끝, 꺼멓게 변한 가게가 잿빛 연기를 토하고 있었다.

아무도 없다. 모두 어디로 갔을까. 그때 등 뒤에서 요란한 경적이 울렸다. 자동차 몇 대가 달려왔다.

차를 피해 길가로 섰지만 자동차는 위협하듯 경적을 울리며 우리를 밀어붙였다. 모두 세 대였다. 우리는 최대한 빨리 걸어갔다. 차가 뒤따라왔다. 계속 경적을 울려 댔다. 차창이 열리더니 남자의 얼굴이 쑥 나와 우리를 향해 뭐라 외쳤다. 나는 마루의 귀를 막고 싶었다. 무시하고 걸었다. 다시 욕설, 낄낄거리는 소리가 들려왔다.

"미친 사람들인가 봐."

마루가 속삭였다. 나는 마루의 손을 꼭 쥐고 걸음을 재촉했다. 골목이 보였다.

우리는 골목 안으로 달렸다. 차가 들어올 수 없는 좁은 골목이었다. 그냥 지나칠 것이라 생각했는데 오판이었다. 남자들이 차에서 내려 뒤따라왔다. 뒤쫓는 발소리, 괴성과 웃음소리. 우리는 숨이 차도록 뛰었다.

막다른 골목이었다. 토끼몰이에 성공한 듯 의기양양한 얼굴로 남자들이 낄낄대며 다가왔다. 모두 네 명. 우리는 손을 잡은 채 떨었다. 그때 인기척이 났다. 골목 끝 집, 대문 틈새로 사람이 보였다. 러닝셔츠를 입은 남자. 우리와 뒤쫓는 남자들을 보자 그는 황급히 집 안으로 들어가 버렸다.

마루가 갑자기 그 집 초인종을 누르며 외쳤다.

"엄마, 엄마. 문 열어, 엄마!"

나도 문을 두드리기 시작했다. 엄마를 외쳤다.

남자들이 멈칫하다가 되돌아갔다. 마루와 나는 대문에 몸을 바싹 붙이고 숨었다. 마루의 얼굴이 파리하게 질렸다. 온몸을 덜덜 떨었다. 나도 마찬가지였다.

"너희 누군데 그래?"

집주인이 대문 너머에서 말했다.

골목을 벗어난 건 한참 뒤였다. 남자들이 탄 자동차는 가고 없었다. 빠르게 걸었다. 무슨 일이 벌어졌는지 잘 모르겠다. 분명한 건 한시바삐 도시를 빠져나가야 한다는 것이다.

몇 걸음 가지 못했는데 다시 괴성이 들렸다. 우리는 유리문이 깨진 가게 안으로 몸을 숨겼다.

한 무리의 남자들이 소리를 지르며 달려왔다. 그들은 축제라도 참가하러 가는 것처럼 매우 들뜨고 즐거워 보였다. 무리 뒤로 검은 연기가 따라왔다. 몇몇 손에 큼직한 플라스틱 통이 들려 있었다. 무리는 우리를 그대로 지나쳐 편의점 안으로 들어갔다가 이내 나와 플라스틱 통에 든 투명한 액체를 붓고 성냥을 그어 던져 넣었다.

화르륵 불길이 솟아올랐다. 삽시간에 불이 편의점을 삼켰다. 불은 옆 가게로 옮겨붙었다. 사람들은 환호성을 질렀다. 차례차례 가게가 약탈당하고 불탔다. 어디선가 비명이 울렸다. 불붙은 집 안에서 아기를 안은 여자가 뛰쳐나왔다. 여자 뒤를 남자들이 괴성을 지르며 쫓아갔다. 그 뒤를 어린아이가 엄마를 부르며 울며 달려갔다.

마루가 내 얼굴을 올려다봤다. 나는 고개를 저었다. 모두 위험했다. 내가 지켜야 할 사람이 있다면 그건 마루였다. 마루의 안색이 변했다. 실망하고 질책하는 눈빛이었다.

무리가 사라지고 길 위에 엄마를 놓친 아이가 울고 있었다. 마루가 뛰쳐나가 아이의 눈물을 닦아 주었다. 아이는 서럽게 울었다. 한참 동안 마루가 아이를 달랬다. 아이의 울음이 차츰 잦아들었다. 잠시 후 아기를 안고 달려갔던 여자가 돌아왔다. 아이를 본 여자와 엄마를 발견한 아이는 서로에게 달려가 껴안고 목 놓아 울었다. 우리는 그 자리를 떠났다.

사방이 열기였다. 도시는 거대한 불구덩이다. 잿빛 연기에 한 치 앞도 보이지 않는다.

우리는 손을 꼭 잡은 채 달렸다.

거짓말

밤이 되자 촛불을 켰다. 전기가 끊겼다. 물은 아직 나왔다. 혹시 몰라 욕조에 물을 받고 집에 있는 모든 그릇에 물을 채웠다.

다행히 집에 양초가 있었다. 전기가 나갔을 때를 대비해 마련해 둔 건 아니다. 마녀에게는 양초 쓸 일이 많다.

할머니는 밤이 유독 어두운 날 촛불을 켰다. 그믐, 달이 사위고 어둠의 기운이 강해지는 밤, 희미한 불빛 속에서 할머니는 낮은 목소리로 주문을 외웠다. 달이 뜨지 않는 삭까지 할머니의 주문은 계속됐다. 집은 안전했다. 보름달 아래 할머니가 숲에서 잎과 뿌리, 열매를 한 아름 따 온 날에도 그랬다. 양초를 밝힌 채 할머니는 주방에서 밤새 커다란 냄비 옆을 지켰다. 그런 밤이면 향긋하면서도 야릇한 냄새가 집 안 가득 풍겼다. 마법의 밤에는 희미한 달빛과 양초가 필요했다. 엄마도 촛불을 밝혔다. 우리 생일과 그림자놀이를 하는 날.

양초는 넉넉했다. 그래도 아껴야 할 것이다. 우리는 만약을 대비한다. 미래가 어두우므로 양초 불빛이라도 필요했다.

일찍 잠자리에 들기로 했다.

"촛불 조금만 더 켜 놔도 돼?"

"그럼. 괜찮아."

마루는 어렸을 때 읽던 동화책을 펴 들었다. 숲속에 사는 마녀와 작은 용과 씩씩한 여자아이가 나오는 동화. 상상으로 가는 입구가 필요한 밤이었다.

"뭐 좀 물어봐도 돼?"

"뭐?"

"대답해 준다고 약속해."

"내가 아는 거면."

"거짓말하면 안 돼."

할 필요 없는 말을 마루가 했다. 마루도 잘 알고 있다. 마녀는 거짓말을 하지 않는다. 사실을 말할 수 없을 땐 침묵할 뿐이다. 나는 아직 마녀는 아니지만 마녀의 딸이다. 엄마는 거짓말하라고 가르친 적 없다.

"만옥이가 엄마지?"

나는 마루 얼굴을 잠시 들여다봤다. 침묵이 대답이 되어 준다.

"언제부터 알고 있었어?"

"그냥 알게 됐어. 만옥이 말을 알아들을 수 없었거든. 그래서 둘 중 하나라고 생각했어. 마법에 걸렸거나 마녀라고."

"넌 늘 만옥이 기분을 잘 알았잖아."

"당연하지. 우린 오랫동안 함께 살았잖아."

만옥이가 우리와 살기 시작한 건 마루가 다섯 살 때부터였다. 엄마가 사라진 직후였다. 너무 어릴 때라 엄마에 대한 기억이 거의 없으리라 생각했는데 마루는 많은 것을 기억했다. 어떤 건 나보다 더 선명하게 기억했다. 엄마에게서 늘 좋은 냄새가 났다고 했다. 고소하고도 달콤한 냄새. 버터를 듬뿍 넣은 팬케이크와 구운 아몬드와 딸기와 벌꿀과 제비꽃 향.

마루는 엄마의 자장가도 기억했다. 엄마는 밤마다 마루에게 자장가를 불러 줬다. 우리 아기 예쁜 아기로 시작되는 자장가. 엄마가 자장가를 불러 줄 수 없는 밤부터 마루는 자지 않고 울었다. 우는 마루 옆에 만옥이가 누웠다. 마루는 자장가 대신 만옥이를 안고 잠들었다. 가끔 마루는 만옥이를 안고 쓰다듬으며 노래를 부른다. 우리 아기 예쁜 아기로 시작되는 노래.

우리는 만옥이가 어디에서 왔는지 궁금해하지 않았다. 어렴풋이 짐작하고 있었기 때문인지도 모른다. 엄마는 절대 우리를 두렵거나 외롭게 내버려 두지 않을 거라고 믿었다. 그 믿음은 우리가 환상이나 마법을 믿는 방식과 비슷했다. 의심이 없었다.

"이제 우리 집에 괴물은 없는 거지?"

"알고 있었어?"

"소리가 안 들리잖아. 쿵쿵거리는 소리, 마룻바닥 긁는 소리, 중얼거리는 소리. 하나도 안 들려. 결계가 풀렸지?"

"그래, 맞아."

"언니는 내가 아무것도 모른다고 생각하지?"

"그런 건 아니야."

그러길 바랐을 뿐이다. 마루가 얼마나 알고 있는지, 이제 궁금하다.

"도시에 불을 지른 건 괴물들이지?"

"아마도."

"이제 어떻게 되는 거야?"

나는 대답하지 않았다. 대답해 주고 싶지 않았다.

"숲에선 온통 그 소리뿐이야. 정말 세상이 닫혀?"

침묵을 긍정의 답으로 이해할까 봐 나는 말했다.

"꼭 그런 건 아니야."

거짓말은 아니었다. 그렇다고 사실도 아니었다. 아무것도 확신할 수 없다.

"세상이 닫히면 어떻게 돼?"

"몰라."

그건 진실이었다.

구호품

해가 지자 하늘에서 검은 재가 쏟아져 내렸다. 아직 꺼지지 않은 불씨가 어둠 속에 반딧불처럼 날아다녔다. 희부연 어둠 속으로 사이렌 소리가 울려 퍼졌다.

도시가 마비됐다. 임시 휴교령이 내려지고 학교는 이재민 대피소가 됐다. 임시라고는 하지만 얼마나 쉽게 될지 모른다. 마루와 나는 집 안에 틀어박혀 모든 문과 창을 굳게 걸어 잠그고 지냈다.

연락도 없이 명리가 우리 집에 찾아왔다. 실은 연락할 방법이 없다. 전화도 인터넷도 끊겼다.

나는 마지막 남은 사과를 깎고, 마루는 상기된 얼굴로 선반에서 제일 예쁜 접시를 꺼냈다. 마루는 아껴 먹던 곰 젤리도 내놨다. 우리 집에 누가 찾아온 건 처음이었다. 아, 뭐 이런 걸 다, 하더니 명리가 어색한 얼굴로 사과를 한 입 베어 먹고 젤리를 하나 입에 넣으며 배시시 웃었다. 이유는 모르지만 마루와 나도 따라 웃었다.

시장도 불탔다. 청룡 수산은 다행히 화마를 피했다. 화마도 청룡의 가게는 넘볼 수 없었을 것이다. 하지만 팔 물건도 손님도 없어 가게 문은 닫았다고 했다. 명리는 큼직한 아이스박스를 들고 왔다. 별건 아니지만, 하며 명리가 안에 든 것을 주섬주섬 꺼냈다.

"이게 뭐야?"

"가게 냉장고 좀 털었다."

얼린 고등어와 여러 종류의 말린 생선들. 멸치 몇 봉지.

"난 생선이라면 물릴 만큼 먹었거든."

명리가 씩 웃었다.

"산타클로스네."

"그건 아닐걸. 산타는 착한 아이에게만 선물을 주시지 않나."

"잘못 오셨지만 아무튼 고맙습니다. 착하게 살겠습니다."

내가 넙죽 절을 하자 명리는 산타클로스처럼 몸을 흔들며 호방하게 웃었다. 만옥이가 슬쩍 다가와 멸치 냄새를 맡아 보고 소파 위로 돌아갔다.

"만옥이?"

"그래. 저래 봬도 지금 널 아주 환영하고 있어."

"무척 아름다우십니다."

명리가 만옥이를 향해 말했다. 눈을 감고 누운 만옥이의 꼬리가 살랑 움직였다.

오랜만이었다. 주말 빼고는 거의 날마다 봤고, 심지어 지난 여름 방학에도 매일이다시피 만났는데 묘한 기분이었다. 다른 아이들은 어떻게 지내고 있을까. 하고 싶은 말이 많은데 무슨 말을 먼저 꺼내야 할지 몰랐다. 어색한 침묵만 흘렀다. 마루가 만옥이를 안고 방으로 들어갔다.

"오랜만에 한 판 둘까?"

"좋지."

기다렸다는 듯이 명리가 활짝 웃었다.

장기판을 펴고 말을 세우기 시작했다. 명리가 푸른색, 내가 붉은색 말을 쥐었다.

명리와 내 병졸들이 일렬로 마주 섰다. 명리가 말을 들어 옮겼다. 졸이 한 칸 전진한다. 나의 병도 움직인다. 탐색 끝에 명리가 먼저 치고 나온다. 명리의 푸른색 마가 중앙으로 단숨에 달려온다. 변마필사. 마를 주변으로 보내면 잡히기 쉽다. 하지만 초반에 마가 중앙으로 달려 나오는 것 역시 좋은 수는 아니었다. 무슨 속셈일까. 나는 내 차를 안전한 곳으로 피신시켰다. 한 수 쉬더라도 악수를 피하는 편이 낫다.

"이랑은 어둠의 세력 쪽은 아닌 것 같아."

"자주 욱하긴 해도 그쪽은 아니지."

"묘주는 저쪽인 것 같아."

"묘주가?"

"어느 쪽인지는 모르지만 적어도 세상이 닫히는 데에는 반대하지 않아."

"묘주네는 인간들에게 많이 시달렸으니까."

"숭배받기도 했잖아."

"숭배와는 다를걸. 두려움과도 좀 다르고. 뭐랄까, 베란다 곰팡이 같은 거랄까."

"그게 뭐야?"

"볼 때마다 섬뜩하고 제발 없어졌으면 하는 것."

명리의 포가 내 차를 향해 달려왔다. 내 차와 포의 길이 묶이고 포진이 흐트러지기 시작했다. 나는 차를 내주고 병을 집결한 뒤, 명리의 포를 쳤다. 기다렸다는 듯이 명리가 내 병 하나를 죽였다. 집중력이 떨어지고 있었다. 묘주에 관해 잠시 생각한 탓이다. 그것이 장기판에 그대로 드러났다.

명리가 상을 중앙으로 옮긴다. 상은 코끼리를 뜻한다. 뚝심 있는 코끼리처럼 상은 게임 종반에 뒷심을 발휘한다. 초보자들의 경우, 마와 상의 움직임을 잘 파악하지 못한다. 다른 말들은 이동 행로가 일직선이지만 마와 상은 대각선으로 움직이기 때문이다.

"능이는 잘 모르겠어."

나는 능이의 정체조차 파악할 수 없었다. 이종임은 확실했다. 이종, 마녀와 인간 사이의 존재들. 대자연의 신비한 존재들과 오래된 터와 물건에서 비롯된 정령들. 그들은 특별한 운명과 신묘한 능력을 지녔다. 마녀들과 이종들은 특별한 경우가 아니면 서로 부딪치거나 교류하지 않고 살아왔다. 이종들은 인간과 마녀, 어느 쪽도 좋아하지 않았다. 이종 간에도 서로 우호적이지 않다고 들었다.

나는 병으로 적의 상을 막았다. 속으로 쾌재를 부르자마자 기다렸다는 듯이 적의 포가 내 병을 날려 버린다.

"그리고 더 없어?"

의외의 질문이라 어리둥절해졌다.

"뭐가 더 있어?"

명리는 대답 대신 졸을 한 칸 전진시켰다. 나는 명리의 의중을 궁금해하며 마를 후퇴시켰다.

"난 고등학교만 백 년 정도 다녔어. 이곳저곳에서. 좋아서 다닌 건 아니야. 하지만 한 백 년 다니다 보니 웬만큼 적응되기도 하고. 어울리는 애는 있기도 하고 없기도 했어. 이상하게 가면 갈수록 애들과 어울리기가 힘들더라. 세대 차? 뭐, 그럴 수도 있지. 난 꽤 오래 살았으니까. 예전에는 장기 두는 애가 아예 없진 않았는데 한동안 통 상대가 없었어. 그러다 여기서 드디어 만난 거야. 일단은 되게 반가웠지. 그다음엔 좀 수상했고. 이종들이 이렇게 한데 모여 있는 게 예삿일은 아니잖아? 개미지옥도 아니고. 자꾸 꼬이면 그건 역시 이상하지."

"개미지옥?"

"파리지옥인가?"

"다른 거야?"

"그게 아니라……. 장군."

허를 찔렸다. 뒤늦게 수를 읽으려 애써 봤다. 그게 아니라는 건 무슨 의미인가. 소용없었다.

나는 패배를 인정했다. 명리는 춤추고 싶은 얼굴이었지만 참는 눈치였다. 서로 목례를 하고 말을 거뒀다.

"집 구경 좀 해도 되냐?"

"물론이지."

나는 명리와 함께 집 안을 한 바퀴 돌았다. 박물관 견학이라도 하듯 명리는 이상스럽게 높은 천장을 올려다보고 마치 호텔처럼 문이 줄줄이 이어진 복도를 유심히 둘러봤다. 명리는 마녀의 집은 처음이라고 했다. 상상한 게 있었는지 모르지만 유감스럽게도 기대를 충족할 만한 것은 아무것도 없었다.

2층 복도 끝방 문을 열고 들어갔다. 찢어진 벽지와 흠집 가득한 마룻바닥. 막 이사를 나간 것처럼 휑뎅그렁했다. 나도 방 안에 들어와 보긴 처음이었다.

"꽤 법석을 떨었나 봐."

"좋은 세입자들은 아니었어. 매일 시끄럽게 굴면서 방세 한 번 안 냈거든."

"한번 보고 싶었어."

"이제 없어. 세상 구경하러 뛰쳐나갔지. 그리고 이제 제 세상으로 만들겠지."

"흠."

"넌…… 결정했어?"

"자판기에서 콜라 버튼 눌렀는데 환타가 나온 기분이야."

"그게 무슨 소리야?"

"그냥 좀 뒤죽박죽이라고. 난 인간들 별로 맘에 안 들긴 하지만 축구는 하고 싶어. 놈들도 축구를 할까?"

"페어플레이 할 놈들은 아니지."

"아무튼 난 놈들과 뛰고 싶진 않아."

청룡은 고집이 세고 한번 마음먹으면 목적을 이룰 때까지 멈추지 않는다. 외골수라 친구보다 적이 많았다. 마음을 쉽게 허락하지 않는 탓이다. 하지만 한번 친구로 사귄 상대에게는 끝까지 믿음을 유지했다.

나는 달리 할 말을 찾지 못해 말했다.

"고마워."

"아, 모르겠다."

명리가 망했다는 표정을 짓더니 씩 웃었다. 마주 보고 나도 웃었다.

"우리 편이 하나라도 더 있으면 낫겠지. 묘주에겐 내가 한번 얘기해 볼게. 내 생각에 묘주는 저쪽 아니야."

"묘주가 나를 위해 움직여 줄까?"

"너를 위해 움직이지는 않지. 하지만 묘주가 내게 빚진 게 좀 있어. 묘주는 계산이 분명한 애니까 모른 척하진 않을 거야."

"빚?"

명리는 대답 대신 미소만 지어 보인 뒤 텅 빈 아이스박스를 들고 떠났다.

급소

토요일 아침, 마루를 위해 떡볶이를 만들었다. 속임수로 마음이 달래질까 싶었다. 마루는 금단 현상에 시달리고 있었다. 떡볶이를 먹지 못한 지 오래되었다. 집에 쌀이 얼마 안 남았다. 밀가루 약간, 그리고 명리가 가져다준 마른 생선이 조금 남아 있다. 아껴 먹고 있지만 오래 버틸 수는 없다. 그다음은 모르겠다.

창밖을 내다보니 도시 쪽에서 잿빛 연기가 솟아오르고 있었다. 짙은 구름이 낮게 깔려 구름인지 연기인지 구분할 수 없었다. 창을 열자 뜨거운 열기가 훅 밀려들었다.

버스는 여전히 다니지 않는다. 명리는 자전거를 타고 우리 집에 왔다. 진작 자전거 살 생각을 하지 않은 게 후회됐다. 차 살 궁리만 했던 탓이다. 생각이 바뀌었다. 원동기 면허부터 따서 스쿠터를 사야겠다. 원동기 면허증은 몇 살부터 딸 수 있을까. 복잡하다. 살기가 몹시 고단하다. 다시 말하지만 이런 시골에 집을 지을 작정이었으면 내게 마법 빗자루나 요술 구두 한 켤레쯤은 마련해 줬어야 했다.

나는 마당을 한 바퀴 돌았다. 마른 나무를 지나 하루살이 떼와 싸우며 무성한 풀을 헤치고 뒷마당으로 갔다. 뒷마당에는 잡동사니들이 쌓여 있었다. 왜 이런 게 있나 싶은 것을 하나 골라 손에 쥐었다. 굵은 쇠막대였다. 녹이 슬긴 했지만 일단은 쇠였다. 아무것도 없는 것보다는 나으리라. 나는 대문을 열었다.

수상한 남자였다. 대문을 열자마자 남자는 황급히 물러나 도망치듯 내뺐다. 한 시간쯤 전부터 남자는 문밖에서 안을 기웃거리고 있었다. 처음에는 놈들 중 하나인 줄 알았다. 지켜본 결과 그건 아니었다. 그렇게 허술할 놈들이 아니다. 그렇다고 집을 털러 온 도둑이라 하기에도 어설펐다.

남자는 황급히 달아난 기세에 비해서 그리 멀리 가지 못했다. 남자에겐 짐이 많았다. 등에 커다란 배낭을 메고 양손에는 큼직한 쇼핑백을 들고 있었다. 달아나던 남자가 멈춰 서더니 결심한 듯 뒤를 돌았다.

어디선가 본 얼굴이었다. 하지만 기억이 나지 않았다. 남자가 뚜벅뚜벅 나를 향해 걸어왔다.

"여기 사는구나."

어색한 말투였다. 누군지 기억났다. 쇠막대를 짚은 채 남자를 빤히 쳐다봤다. 남자는 슬그머니 내 눈을 피했다.

"마침 잘 만났다."

남자가 허둥지둥 쇼핑백을 내밀었다. 배낭도 내려놓았다.

"인절미는 별로라고 했던가?"

안절부절못하는 게 역시 수상했다. 그리고 난 인절미 별로라고 한 적 없다.

남자의 쇼핑백 하나에는 떡이 가득 들어 있었다. 다른 쪽에서는 고기와 채소, 배낭 안에서는 쌀자루가 나왔다. 또 구호품이 도착했다. 전혀 예상치 못한 곳에서.

"저거 아저씨 차예요?"

저만치 서 있는 소형 트럭을 가리키며 내가 물었다. 남자가 고개를 끄덕였다.

남자는 도심을 둘러 가는 길로 차를 몰았다. 도시는 무너진 건물 때문에 길이 막힌 곳이 많다고 했다. 남자는 운전 솜씨가 좋았다. 운전이 별로 어려워 보이진 않았다. 시동을 켠다, 액셀을 가볍게 밟는다, 운전대를 잡고 있다 가끔 돌려 준다. 그 외에 또 뭐가 있지? 아, 속도 엄수와 안전 운전. 당장 내게 운전대를 맡겨도 충분히 몰 수 있을 것 같다.

마루는 영문도 모른 채 떡을 보고 좋아서 방방 뛰었다. 나는 떡의 출처는 말하지 않았다. 모르는 게 나을 것 같았다. 마루는 아직 믿는 게 많다. 호의와 선행. 그보다는 악의와 악행이 더 깃들기 쉽고 증오와 폭력이 만연하다는 걸 나는 굳이 가르쳐 주고 싶지 않다. 머지않아 마루도 알게 될 것이기 때문이다.

이유 없이 베풀어지는 건 없다. 나는 그렇게 생각한다. 남자의 호의는 무슨 이유인지 궁금하지만 나는 묻지 않았다. 이유가 있다면 스스로 밝힐 것이다. 그는 운전대를 잡은 채 말없이 정면만 주시했다.

"그거 쓸 줄은 아는 거냐?"

갑자기 남자가 물었다. 나는 여전히 쇠막대를 쥐고 있었다.

"닥치면 쓰게 되겠죠."

그는 고개를 한 번 끄덕였다.

"타이밍이 중요해."

잠시 뒤 남자가 말했다.

"급소를 노려라. 주먹 쓸 생각은 하지 마. 그건 별로야. 발로 단번에 급소를 차."

나는 힐긋 남자를 봤다.

"한번 해 볼래? 내가 상대해 줄게. 물론 나는 피할 수 있겠지만."

"사양할게요."

남자의 입가가 씰룩 움직였다. 조금 처진 눈과 수염이 거뭇한 턱. 어디선가 본 듯, 왠지 낯이 익다. 두 번째 봤으니 그런 거라 생각하면서도 어째 찜찜했다.

"도움을 청할 수 있으면 그렇게 해. 독병은 단명하기 쉽지."

남자는 빤히 바라보는 내 시선을 피하며 혼잣말처럼 웅얼거렸다.

"혹시 나라도 도움이 된다면……."

"괜찮아요."

"그래, 그럴 것 같았다."

나는 남자의 말을 되짚어 보았다. 독병 단명. 홀로 떨어진 졸과 병은 그 힘이 매우 미약해 죽기 쉽지만 협력하면 왕을 위협할 수 있다. 남자의 가게 구석, 탁자 위에 놓여 있던 것을 나는 기억한다. 장기판이었다.

"어쨌든 시도는 좋았다. 너, 호락호락한 상대는 아니다 싶었거든."

남자의 얼굴에 묘한 표정이 떠올랐다. 아무래도 웃는 것 같았다. 나는 쇠막대를 다시 꼭 쥐었다.

트럭이 멈추고 나는 차에서 내렸다. 케이크 상자 같은 건물은 무사해 보였다. 그 안에 남은 사람들도 무사하길 빌며 요양원 안으로 들어갔다. 뒤에서 남자가 지켜보는 게 느껴졌지만 나는 돌아보지 않았다.

경고

　요양원에 들어서자마자 역한 냄새가 풍겼다. 청결하던 복도는 먼지투성이였다. 변기는 오물이 넘쳤고 입을 벌린 휴지통은 쓰레기를 꾸역꾸역 토해 놓았다. 세탁기에 더러운 빨랫감이 가득하고 갈아입을 청소복도 없었다.

　입원실로 들어가니 입소자들이 기력 없이 침대에 누워 있었다. 내가 인사를 해도 꼼짝도 안 했다. 입소자들의 손목을 하나하나 잡아 보았다. 살아 있다는 희미한 신호. 나는 안도했다. 방에서 갈지 않은 기저귀 냄새가 풍겼다. 나는 창문을 열어 환기를 시켰다.

　복도에서 나를 본 이 선생님은 유령이라도 만난 듯 깜짝 놀랐다. 내게 종종 입소자들의 식사를 도와달라던 요양 보호사였다. 점심시간에 늘 많이 먹으라고 다정하게 권했고, 도와줘서 고맙다고 간식도 챙겨 주곤 했다. 이 선생님은 요양원에서 제일 오래 근무했다. 이곳에서 일한 덕에 자식들을 다 대학에 보냈다고 내게 말한 적 있다. 그는 원장도 떠나 버린 요양원에 출근한 유일한 직원이었다.

"보호자들에게 사정을 설명하고 모셔 가도록 말해 봤지만 아무도 오지 않았어."

이 선생님이 침통하게 말했다. 이제 전화도 끊겨 보호자들과 더 연락할 수도 없다. 끊긴 것이 전화만은 아니었다. 전기와 인터넷, 치료와 일손까지 모두 끊겼다. 식재료 공급도 중단됐다. 영양사와 조리사도 출근하지 않아서 당장 입소자들의 식사가 문제였다. 이 선생님은 넋이 나간 표정이었다.

"넌 어떻게 왔니. 와 줘서 고맙긴 하지만."

이 선생님을 도와 식사 준비를 했다. 조리실 창고와 냉장고에 남은 식재료는 잘해야 사오일 버틸 수 있는 정도였다. 그나마 냉장고에 있던 것들도 상하기 시작했다. 서둘러 죽을 쑤고 달걀을 삶았다. 노인들은 잘 먹지 못했다. 무표정한 얼굴로 내가 입에 대 주는 것을 마지못해 받아먹었다. 삶이란 애초에 없었다는 얼굴. 무슨 일이 일어났는지 이들은 알까.

나는 불길이 치솟는 도시가 지옥의 모습이리라 생각했다. 하지만 지옥은 그런 게 아니었다. 일상이 무너지는 게 지옥이었다. 작고 사소한 것들로 유지되는 곳이 세상이었다. 그 작고 사소한 것들이 사라진 세상은 지옥과 다르지 않았다.

"이젠 오지 마."

식판을 정리하며 이 선생님이 말했다.

"돌아다니기엔 세상이 너무 흉흉하니까. 나도 언제까지 나올 수 있을지 몰라. 노인네들이 불쌍하긴 하지만 제 자식도 나 몰라라 하는데……."

세상이 흉흉해지는 데 내가 일조했다는 사실을 이 선생님은 상상도 못 할 것이다. 내가 원한 건 아니었다. 애초에 견디지 못할 짐은 지우지 말았어야 한다. 내가 감당하기엔 너무 무거운 짐이었다. 나는 남은 음식을 묵묵히 식판에 담았다. 아직 먹지 못한 입소자들이 있었다.

식판을 들고 윤금주 씨의 방으로 갔다. 방은 평소처럼 깔끔했지만 찻잔과 쿠키가 담긴 접시는 없었다. 그 대신 물컵이 두 개 놓여 있었다.

"올 거라고 생각했어요."

윤금주 씨는 늘 그랬듯이 평온한 표정이었지만 어딘지 초췌해 보였다.

여느 때처럼 탁자 위에 장기판이 펼쳐져 있다. 장기판 위에는 푸른색과 붉은색 왕, 두 개의 말만 놓여 있었다. 왕을 경호하는 사도, 차도, 포도 없이 왕은 궁성 안에 홀로였다.

"고양이와 함께 산다고 했죠?"

윤금주 씨가 묻더니 내 티셔츠 목 부분을 더듬어 뭔가 떼어 내

보여 주었다. 까만 털이었다. 아침에 나오기 전에 만옥이를 안고 얼굴을 비빈 것이 기억났다. 내가 만옥이 얘기를 했던가.

"예전에 나도 고양이를 돌본 적 있어요. 싱, 후쿠, 클레어, 타냐, 질, 튀르케…… . 내가 밥을 주었던 아이들이죠. 길에 사는 아이들이었는데 가끔 집 안으로 들어와 낮잠을 자고 돌아가곤 했어요. 고양이가 많은 도시였어요. 집집마다 문 앞에 고양이 밥이 놓여 있고 사람들을 두려워할 줄 모르는 고양이들은 털에 윤기가 흘렀죠. 거리를 향해 작은 창이 난 검소한 집들이 이어진, 소박하게 아름다운 도시였어요."

먼 곳을 바라보는 듯한 윤금주 씨의 입가에 살며시 미소가 떠올랐다.

"도시 한가운데에는 우물이 하나 있었어요. 맑고 차가운 물이 사철 마르지 않는 우물이었죠. 우물가에는 항상 사람들이 모여들었어요. 우물 주변에 놓아 둔 의자에 앉아 서로 음식도 나눠 먹고 한참을 놀다 가고 그랬죠. 마을의 사교장인 셈이었어요. 사람들뿐 아니라 개와 고양이, 새들도 목을 축이고 쉬다 갔어요. 그런데 어느 날부터 물에서 이상한 냄새가 나기 시작했어요. 맛도 확실히 변했죠. 도시의 다른 우물도 마찬가지였어요. 그래도 별수 없이 마셔야만 했죠. 온 도시에 고약한 냄새가 풍겼어요. 얼마 지나지 않아 갑자기 앓다가 피를 토하고 죽는 사람들이 생겼어요. 삽시간에 병이 퍼지고 많은 사람이 죽었죠. 사람들은 전염병이 두려운 만큼 서로를 경계했어요. 문을 굳게 걸어 잠근 채 집 밖으로 나오지 않았어요. 거리는 스산해졌죠. 내 집에 찾아오던 고양이들도 더 이상 보이지 않았어요. 죽음은 계속 퍼져 나갔어요. 살아남은 사람은 가족의 시체를 수습할 새도 없이 서둘러 도시를 떠났어요. 도시엔 썩은 우물과 시체만 남게 됐죠."

윤금주 씨가 물을 한 모금 마시고 이야기를 이었다.

"많은 비가 며칠 동안 내린 다음 날, 우물이 넘쳤어요. 흙탕물과 함께 우물이 토해 놓은 것은 사체였어요. 거의 형체를 알아볼 수 없는 사체들이 우물 위로 꾸역꾸역 넘쳐서 거리를 덮었죠."

"사체요?"

"죽은 고양이들이었어요. 물론 고양이들이 제 발로 우물 속으로 뛰어든 건 아니었겠죠. 내가 알기론 그렇게까지 물을 좋아하는 고양이는 없어요. 누군가 던져 넣었겠죠. 아마도 도시 주민 중 하나였을 테죠. 평범한 사람이었을 거예요. 마음속에 가득 찬 혐오와 악의를 감추고 살다 분노를 자기보다 약한 대상에게 터트리는 사람. 그래서 고양이를 택했겠죠. 작고 힘없는 존재라는 이유만으로."

윤금주 씨가 말없이 나를 잠시 바라봤다. 우물처럼 깊고 고요한 눈이었다.

"오래전 얘기예요. 그런데 끊임없이 되풀이됐죠. 사람들은 기회가 올 때마다 우물에 던져 넣었어요. 이것저것. 절대 버려서는 안 되는 것들까지 버렸죠. 사실 그런 것들이 제일 먼저 버려졌어요. 양심과 연민, 품위, 그런 것들 말이죠."

윤금주 씨의 깊은 눈이 시간을 훑듯 허공을 천천히 더듬었다.

"끝까지 버리지 않는 사람들이 아주 드물게 있었죠. 늘 그런 사람들이 마음에 걸렸어요. 그런 사람들 때문에 아직 세상이 굴러가고 있는 걸까요?"

나는 머뭇거렸고 윤금주 씨는 딱히 대답을 바라는 표정은 아니었다.

"세상이 시끄러워졌다죠?"

나는 고개를 끄덕였다가 그렇다고 말했다.

"이제 여기 오지 않는 게 좋겠어요. 위험하니까."

"하지만."

"이 선생님이 있잖아요. 참 이상한 사람이에요. 도망칠 줄 모르는 것 같죠?"

"좋은 분 같아요."

"내 말이 그 말이에요. 아주 드문 사람이죠."

"하지만 이 선생님 혼자서는……."

"여기 일은 걱정하지 말아요."

윤금주 씨의 표정은 부드러웠지만 목소리는 단호했다. 윤금주 씨가 책상 앞에 서더니 손가락으로 모형을 훑었다. 교회의 종탑, 학교와 유치원, 건물과 집, 시장과 가게, 상인과 손님, 아이와 손잡고 걷는 여자, 자전거를 타고 가는 학생, 버스를 기다리는 사람들, 정류장 앞에 멈춘 버스. 그중 대부분은 사라졌다.

윤금주 씨의 손가락이 서쪽 숲 앞에서 멈췄다.

숲의 경계에 선 작은 집을 손가락이 쓰다듬었다. 높은 담장, 반쯤 날아가 버린 뾰족한 지붕, 지붕 꼭대기에 달린 암탉 모양 피뢰침. 여위었지만 섬세한 손가락이 지붕 위에서 멈추었다. 윤금주 씨가 나를 돌아본다.

"어서 돌아가요. 지금 당장."

떨리는 목소리. 흥분한 표정. 눈동자가 세차게 요동쳤다. 한 번도 보지 못한 얼굴이었다. 무슨 일이 벌어졌다. 내가 이유를 묻기도 전에 윤금주 씨가 외쳤다.

"어서!"

답답하다는 듯이 윤금주 씨가 발을 쿵 구른다.

요양원에서 나오니 트럭이 기다리고 있었다. 나는 쇠막대를 단단히 쥐었다.

마루

현관문을 열자마자 만옥이가 맹렬히 달려들어 안겼다. 전에 없던 격한 환영 인사였다. 반가운지, 흥분한 목소리를 쏟아 냈다. 하지만 한마디도 알아들을 수 없다. 만옥이가 절규하듯 울부짖었다.

마루가 없었다. 집 안을 다 돌아봤지만 보이지 않았다. 빈방 문을 하나하나 열어젖혔다. 어디에도 없다.

마당으로 뛰어나갔다. 뒷마당에는 잡동사니뿐이었다. 대문 밖으로 나갔다. 나를 내려 준 트럭은 사라진 뒤였다. 남자는 아니다. 트럭 내부와 짐칸까지 훑어봤지만 수상한 점은 없었다. 난데없긴 했지만 남자에게서 나쁜 기운은 느껴지지 않았다.

나는 숲을 향해 달렸다. 쇠막대를 든 채.

방심했다. 집을 비우는 게 아니었다. 집은 안전할 줄 알았다. 적어도 지금까지는 그랬다. 어리석었다.

아니, 아닐 수도 있다. 늘 그랬듯 마루는 작은 친구들을 만나러 숲으로 간 것뿐이다. 마루에게 숲은 두렵고 위험한 곳이 아니다. 평화롭고 즐거운 곳이다. 그럴 거다. 나는 불길한 예감을 억지로 밀어냈다.

숲이 나를 따라온다. 내가 달리면 달리고, 내가 외치면 따라 외치고, 거센 숨을 몰아쉬면 같이 한숨을 토해 낸다. 창처럼 솟은 나무, 나무 아래 드리운 음울한 그림자, 짙고 번쩍거리는 잎이 거둬가 버린 빛, 독을 품은 보라색 투구꽃 무리, 앞을 가로막는 넝쿨, 썩은 나뭇잎과 축축한 이끼. 익숙한 숲이 갑자기 낯설게 보인다. 전에 없던 기운이 느껴진다.

살아 있다. 살아 움직인다. 무섭도록 생생하게 살아나 나를 덮치려 한다. 나는 숨이 턱에 차오르도록 달린다. 달리며 찾는다. 어디에도 보이지 않는다. 마루, 마루는 없다.

나는 멈춰 서서 귀를 기울였다. 토막 난 단어들이 들려온다.

지렁…… 독…… 침입…… 마…녀…… 딸…… 위험…….

나도 숲속 존재들의 말을 약간은 알아들을 수 있다. 아주 드문드문. 타고난 능력은 아니다. 엄마가 조금씩 힘을 잃어 다 전수하지 못한 기술이었다. 조금만 더 배울 수 있었더라면. 조금만 더. 하지만 마루는 배우지 않고도 능력을 지니고 있었다. 나는 마루야말로 진짜 마녀가 될 거라고 생각했다. 마루라면 할머니처럼 훌륭한 마녀가 될 것이다. 훌륭한 마녀가 아니라도 상관없다. 내

곁에만 있어 준다면. 이 세상에 나 혼자가 아니라면 그건 마루가 있기 때문이다.

희미한 기척. 누군가 있다. 어둑한 나무 그늘 속.

"마루니? 마루야!"

소리는 나무에 부딪혀 되돌아온다. 마루, 마루니……?

비웃는 듯한 메아리가 사라지고 나자 사방이 고요해진다. 아무런 기척도 없다.

나는 거대한 나무들이 지붕을 이루어 둘러싼 휑뎅그렁한 광장에 와 있었다. 전에 본 적 없는 곳이었다. 그럴 리 없다. 숲에 내가 가 보지 않은 곳은 없었다. 작은 둔덕이 부드러운 파도처럼 이어져 있다. 나는 그것이 무엇인지 알아차렸다. 오랫동안 아무도 찾는 이 없이 방치된 무덤들이었다.

돌연 무덤 사이에서 무언가 움직였다. 갑자기 눈앞이 환해진다.

가지마다 활짝 피어나는 붉은 꽃. 꽃은 살아서 이리저리 옮겨 다니고 점점 만발한다. 모든 것을 삼키는 무자비한 꽃. 나무들이 머리를 흔들고 붉은 혀를 날름댄다. 불꽃이 화르르 치솟는다. 덤불 속에서 새 떼가 날개를 치며 날아오른다. 작은 동물들이 허둥지둥 풀숲에서 뛰어오른다. 타닥타닥.

불이 나를 따라온다. 내가 발을 옮기는 곳마다 불이 솟아오른다. 빠져나갈 수 없다. 불길은 점점 더 커져 순식간에 나를 에워싼다. 훨훨 날아온 불이 내 어깨를 발톱으로 움켜쥔다.

위험에 빠지면 본능적으로 터져 나오는 이름을 나는 외쳤다.

"엄마!"

불 너머로 흐릿한 형체가 나타났다. 사람의 형체를 한 검은 그림자. 검은 그림자는 그대로 불 속으로 뛰어들어 나를 덮친다. 나는 온몸을 뒤틀며 저항하지만 놈은 나를 짓눌러 꼼짝도 못 하게 한다.

"움직이지 마."

놈이 내 머리를 안은 채 말한다. 귀에 익은 목소리였다. 나는 불에 덴 것처럼 뒤로 몸을 홱 뺐다. 불이 꺼지고 꺼멓게 타 버린 덤불과 가지가 연기를 풀썩였다. 나는 마주한 얼굴을 본다. 재와 검댕이 묻은 얼굴.

"괜찮아?"

능이가 물었다.

"불이, 갑자기 불이, 살아 있어서, 피하려고 했는데 불이……."

횡설수설 내 입에서 말이 쏟아져 나왔다.

"그래, 이젠 괜찮아."

갑자기 눈앞이 부예졌다. 내게 힘이 남아 있다면 울지 않기 위해 쓰며 말했다.

"동생이 여기에……. 여기 있을 거야. 여기 있는데……."

남은 힘은 없다. 북받쳐서 나는 더 말하지 못한다.

"마루, 네 동생."

"그래, 마루. 내 동생. 봤어?"

능이가 고개를 가로저었다.

"여기엔 없어."

무릎이 푹 꺾였다. 더는 견딜 수 없다. 뜨거운 것이 눈에서 쏟아져 뺨 위로 흘렀다.

"마루가, 마루가 없어졌어."

나는 깨달았다. 내 세계는 닫혔다.

내게 가장 소중한 것을 놈들은 잘 알고 있었다. 그리고 그것을 빼앗아 버렸다. 그들이 원한 대로, 나는 무너진다. 끅끅대는 소리가 내 입에서 새어 나오고 나는 더 이상 참지 않는다. 울음소리가 숲으로 퍼져 나간다. 능이는 내가 울도록 내버려 둔다.

거미

양초에 불을 붙여 탁자 위에 놓았다. 벽에 닿은 불빛이 희미하게 미끄러져 내렸다.

나는 벽에 걸린 시계를 올려다봤다. 나무를 깎아 정교하게 세공한 벽시계는 매우 오래된 것이다. 아마 할머니, 혹은 할머니의 할머니 때부터 벽에 걸려 있었을 것이다. 시계에는 한 시간마다 튀어나와 시간을 알리는 뻐꾸기도 달려 있다.

나는 뻐꾸기 소리를 듣는 게 좋았다. 뻐꾸기가 우는 소리를 들으며 침대에서 일어났다. 신나는 일로 가득한 하루가 시작된다는 신호였다. 뻐꾸기가 12시를 알려 주면 점심을 먹고, 마당에서 뛰어놀다 간식을 먹을 때 뻐꾹 소리가 세 번 났다. 숲속을 돌아다니다 집에 돌아오면 6시를 알리는 소리가 들렸다. 뻐꾸기가 아홉 번을 울면 잠자리에 들었다. 마루는 자려고 하지 않았다. 여전히 세상에는 재미난 일이 무수히 많았다. 내일 다시 해가 뜬다는 것을 마루는 이해하지 못했다. 아주 오래전 일이다. 이제 뻐꾸기는 목소리를 잃었다.

숫자 판 안에는 긴 바늘과 짧은 바늘, 매우 가늘고 긴 초침이 달려 있다. 나는 초침을 따라 속으로 숫자를 헤아렸다.

12시가 되자 뻐꾸기가 나와 꾸벅꾸벅 머리를 조아렸다. 소리를 잃은 뻐꾸기가 시계 안으로 모습을 감췄다. 그러고 나자 나는 말했다.

"그 위에 있지만 말고 얘기 좀 하자고요."

나는 시계를 노려보았다. 시계가 걸린 벽 위로 불빛과 어둠이 희미한 경계를 그리고 있었다.

"거기 있는 거 다 알아요. 아주 오래전부터 거기 있었죠. 이만큼 모른 척했으면 됐잖아요. 이유가 뭔지 모르지만 그러길 바라는 것 같아 모른 척해 왔다고요."

벽과 천장이 마주한 곳에 거미줄이 걸려 있었다. 거미줄에 붙은, 배가 노랗고 커다란 거미 한 마리가 실을 뽑아내기 시작했다.

거미가 뽑아낸 줄을 타고 소파 위로 사뿐히 내려앉았다.

"짐작은 하고 있었지."

거미가 할머니로 변하더니 말했다.

"잘 지내셨어요?"

"나쁘진 않았어. 가끔 파리를 먹는 게 고역이긴 했지만."

"맛있는 걸 드리고 싶었지만 할머니가 거미인 척해서 드릴 수 없었어요."

"이해한다. 파리라는 걸 잊기만 하면 먹을 만했어. 계속 버둥거려서 잊기 어렵긴 했지."

"궁금한 게 많았어요."

"벼르고 있었구나."

"네, 매일 다이어리에 적어 뒀죠."

"각오는 되어 있다."

"우선, 할머니는 왜 거미로 변한 거예요?"

"모습을 감추는 건 두 가지 이유지. 방어 아니면 공격. 그리고 둘 다 이유가 되기도 하지."

"그럼 엄마도 같은 이유인가요?"

"네 엄마는 달라. 선택한 게 아니야. 네 엄마는 마녀의 능력을 상실했지. 그 이유는 너도 잘 알 거야."

다른 이유를 듣고 싶었다. 마녀가 능력을 상실하는 이유는 두 가지다. 대마녀의 노여움을 사거나 적과의 싸움에서 돌이킬 수 없는 상처를 입은 경우. 두 가지 모두 엄마는 해당하지 않았다. 아니, 어쩌면 해당할지도 모른다. 아이를 낳아서는 안 된다, 그것이 규칙. 엄마는 마녀의 규칙을 어겼다.

"대마녀의 노여움을 산 건가요?"

"아니, 아니. 그렇진 않아. 누구도 예측하지 못한 일이었지. 네 엄마는 워낙 특수한 경우였으니까."

할머니가 말했고, 나는 간절히 알고 싶었던 것을 물었다.

"엄마는 영영 돌아오지 못하나요?"

"그렇게 될 수도 있고, 아닐 수도 있지. 다음 질문."

"우리 아빠는 누군가요?"

"대단히 쓸모없는 질문이구나. 그 질문은 패스."

"각오했다고 하셨잖아요. 난 알고 싶어요. 누구예요?"

"당연히 인간이지. 아주 평범한 인간."

"아, 그렇군요. 전 요정이라도 되는 줄 알았어요."

"그런 일은 벌어지지 않아. 요정과 우리는 사는 방식이 다르거든."

"그럼, 그 평범한 인간은 우릴 버렸나요?"

"그렇게 생각했니?"

"한 번도 아빠를 본 적 없으니까요. 마루가 태어났을 때도 아빠는 없었어요."

할머니가 말없이 내 얼굴을 한참 들여다보았다. 내가 마루에게 이야기를 할지 말지 고민할 때의 표정과 비슷했다. 결심한 듯, 할머니가 입을 열었다.

"아무도 너희를 버릴 순 없어. 그랬다간 내가 가만 안 두지. 네 아빠는 늘 너희 주변을 어슬렁거렸어. 너희에게는 좀 다른 모습으로 보였을지 모르지만."

다른 모습. 늘 우리 주변에 있던 존재. 아주 오래전부터 우리 집 마당을 어슬렁거리던 존재를 나는 하나 알고 있다. 절대 그럴 리 없다 생각하면서도 소리 내어 말해 본다.

"코코."

"그래, 마루와 넌 그렇게 부르더구나."

"할머니가 그렇게 만들었어요?"

"모습이 바뀐 게 아니야. 단지 너희에게만 그렇게 보였을 뿐이지."

"죽었나요?"

"아니, 멀쩡히 살아 있어. 왠지 모르지만 얼마 전부터 내 마법이 걸리지 않더구나. 더는 너희에게 개로 보이지 않더라고. 그래서 다른 주술을 걸었어. 그것 때문에 집에 들어오지 못하는 것뿐이야. 멀지 않은 곳에 산다. 물론 사람의 모습으로. 너희도 모르지 않는 사람이야."

뭔가 떠오를 듯했다. 설마. 그럴 리 없다. 하지만 그 외엔 답이 없다는 걸 깨닫는다. 이유 없는 호의. 역시 이유 없는 호의는 없다. 왠지 많이 놀랍지는 않았다. 어렴풋이 짐작했다. 내게 아빠가 있다면 나타나지 않는 데에는 이유가 있을 거라고 생각했다.

"난 마녀가 되나요?"

"넌 이미 마녀야."

"난 아무 힘도 없는데요."

"그렇게 생각하니?"

그때 뻐꾸기가 시계 안에서 나와 한 번 울었다.

"할머니가 고쳤어요?"

"늘 마음에 걸렸다."

"다른 것도 고치실 수 있겠죠?"

아무 대답도 없었다. 틱틱틱. 초침 돌아가는 소리만 고요한 방 안에 울렸다.

"마루는 어디에 있어요?"

"그건 나도 몰라. 내가 아는 건 놈들이 마루를 데려갔다는 것뿐이지."

"무사한가요?"

"아직은."

"내가 뭘 하면 되죠?"

"이미 알고 있잖니."

"내가 할 수 있을까요?"

"그건 네게 달렸지."

"도와줄 건가요?"

할머니는 슬픈 얼굴로 대답했다.

"아가, 그건 못 해. 널 도와줄 이들은 따로 있단다. 너도 잘 알고 있겠지만."

깊은 슬픔이 할머니를 덮쳤다. 할머니는 점점 쪼그라들더니 다시 거미로 변했다.

"만나서 기뻤어요, 할머니. 종종 뵀으면 좋겠어요. 다시 돌아오면 제일 좋겠지만요."

거미줄에 매달린 거미는 꼼짝도 하지 않고 나를 내려다보았다. 어두워서 잘 보이지 않았지만 나를 걱정하는 얼굴일 거다.

야행

인색한 달빛이 집 안을 비춘다. 하늘에 이지러진 달이 떠 있다.

더 나은 것을 찾고 싶었지만 못 찾았기에 쇠막대를 들었다. 아무것도 없는 것보다는 낫다. 누구 말대로 적어도 호락호락한 상대가 아니라는 인상은 줄 수 있으리라. 나는 쇠막대를 들고 집을 나섰다.

도시를 향해 걸었다. 길을 잃을 염려는 없었다. 잿빛 연기를 토해 내며 발갛게 타오르는 곳을 향해 걸으면 된다. 멀리서 보니 도시는 어둑한 안개 속에서 타오르는 태양 같다. 그곳은 지옥 불구덩이다.

수없이 걷던 길이었다. 하지만 이런 밤, 혼자는 처음이었다.

다리가 후들거릴 때쯤 도시에 도착했다. 열기에 익을 것 같다. 모든 것이 타오르고 있었다. 건물이 있던 자리에 앙상한 골재만 남았다. 태울 것이 더 없는데도 불은 꺼지지 않고 타올랐다. 생명체처럼 의지와 의도를 지닌 불이 너울너울 옮겨 다녔다.

사방에서 불씨가 우수수 쏟아지고 간혹 불이 붙은 철판이 떨어져 내렸다. 머리 위로 불꽃을 매단 돌멩이들이 약을 올리듯 휙휙 날아다녔다. 돌멩이를 피해 달렸다. 뒤에서 뭔가 무너지는 둔중한 소리가 들렸다. 시커멓게 변한 건물 벽이 무너져 내렸다. 아슬아슬했다. 무너진 건물은 나와 불과 한 걸음 거리였다.

놈은 기다리고 있을 것이다. 그곳이 어딘지는 모른다. 하지만 놈은 아까부터 내게 힌트를 주고 있다. 불이 길을 내어 주는 곳, 그곳으로 나는 향했다. 놈의 술수일 것이다. 하지만 별수 없다. 어차피 놈과 만나야 한다.

불길이 사그라진 골목길로 들어섰다. 살아 있던 존재들의 흔적은 어디에도 없다. 낄낄거리는 소리가 뒤따라왔다. 헐떡이는 소리, 악취를 풍기는 숨, 저주와 욕설. 놈들은 사방에 있다. 나를 지켜보고 있다. 내가 어떻게 보일지 알 것 같다. 미로를 정신없이 헤매는 쥐, 그게 바로 나였다. 출구는 보이지 않는다.

막다른 길이다. 시커멓게 변한 벽으로 가로막혀 있다. 더 이상 갈 곳은 없다.

"나와!"

나는 소리 질렀다.

눈앞에서 불이 치솟았다. 열기가 달려든다. 독한 연기에 숨이 막힌다. 눈물이 쏟아졌다. 연기 때문이다. 두려워 우는 게 아니다. 마루를 구할 수 있다면 나는 불구덩이라도 뛰어들 수 있다.

거짓말. 넌 이미 두려움에 먹혔어.

낄낄거리는 웃음소리와 야유가 사방에서 들려왔다.

불 속에 검은 형체가 어른거린다. 흐릿하지만 검은 그림자는 사람 형상을 하고 있다. 어두운 기운이 나를 짓누른다. 놈이다.

불 속에서 튀어나온 놈이 그대로 내게 달려든다. 나는 쇠막대를 놈의 심장이라고 생각되는 부분에 꽂는다. 만약 놈에게 심장이 있다면 말이다. 악몽 같은 웃음소리가 커다랗게 퍼졌다.

악마에게는 심장이 없다. 내가 잘못 판단했다. 급소를 노렸어야 했다. 하지만 심장이 없는 놈에게 급소가 있는가. 나는 쇠막대를 휘두른다. 놈은 나를 실컷 농락한다.

나는 외마디 소리를 지르며 쇠막대를 떨어뜨린다. 뜨겁게 달궈진 쇠막대는 내 살점을 단숨에 뜯어 가 버린다.

기다렸다는 듯, 놈이 달려든다. 나는 주먹을 쥔다. 별로 효과가 없다고 했지만, 나는 주먹을 쓸 셈이다.

세계의 끝

가슴이 답답하다. 숨을 쉴 수 없다. 뭔가가 짓누른다. 움직이려 하지만 꼼짝할 수 없다. 소리를 지르지만 소리가 나오지 않는다. 숨 막혀. 숨이…… 막혀. 죽을 것 같아……. 발버둥 친다. 소용없다. 외마디 비명.

소파 위였다. 만옥이가 내 가슴 위에 앉아 있었다.

만옥이가 구해 준 건가. 아니, 만옥이 때문에 가위에 눌렸나 보다. 서서히 정신이 들었다.

만옥이가 나를 물끄러미 바라봤다. 좀 여윈 것 같다. 며칠째 밥에 입도 대지 않는다. 쓰다듬어 주려고 손을 내밀어 보니 손바닥이 빨갛게 부풀어 있었다. 살점이 떨어져 나간 자리에 피고름이 흘렀다. 갑자기 쓰리고 홧홧했다. 아픈 줄도 몰랐다. 소파에 검댕이 가득 묻어 있었다. 보지 않아도 내 꼴은 엉망일 것이다. 밤새

잿더미를 굴렀다.

간밤에 어떻게 집에 돌아왔는지 기억나지 않았다. 마지막 기억은 놈의 웃음소리다. 바닥에 쓰러진 내 귀에 조롱하는 웃음소리가 들려왔다. 그리고 나는 정신을 잃었다.

갑자기 만옥이가 창가로 달려갔다. 만옥이의 귀가 펑펑해졌다.

나는 창밖을 내다봤다. 대문 너머에 이랑이 서 있었다. 저만치 눈을 두자 자전거 한 대가 달려오고 있었다. 명리였다. 명리 뒤에 묘주가 타고 있었다. 조금 더 창가에 서 있고 싶었다. 틀림없이 능이도 올 것이다.

"와. 제대로 한판 붙었구나. 그런 용기는 어디에서 나온 거야?"

앞장서서 제집처럼 쑥 들어온 명리가 나를 보자마자 어째 신난 얼굴로 말했다.

"옷장 안에 걸어 뒀다."

명리가 씩 웃으며 내 등을 팡 소리 나게 때렸다. 아프다. 비로소 오만 데가 욱신거렸다. 그런데도 실실 웃음이 나오려 했다. 이런 상황만 아니라면 나는 웃었을 것이다.

모두 오랜만이었다. 아니, 그리 오래는 아니다. 하지만 굉장히 달라 보였다. 동아리방이 아닌 곳에서 모두 모인 건 처음이었다. 나는 네 사람의 얼굴을 하나하나 바라보았다. 어색한 표정으로 앉아 있던 묘주가 나와 눈이 마주치자 말했다.

"난 어느 쪽도 아니야. 하지만 가족을 건드리는 건 용서 못 해."

여우족은 영역을 중요시했다. 가족을 지키기 위해서다. 이유가 무엇이든, 나는 묘주가 와 줘서 기뻤다.

"활약상이나 한번 들어 보자. 꼴을 보니 짐작은 간다만."

명리가 들을 준비가 됐다는 듯이 팔짱을 꼈다. 나는 간밤의 일을 간단히 말해 줬다. 별로 할 얘기는 없었다. 워낙 순식간에 벌어진 일이었고 나는 일방적으로 당했다.

"흠, 놈들이 널 살려 보냈단 말이지? 왜 그랬을까? 한집에 오래 살아서 정이라도 들었나? 너 하나쯤은 식은 죽 먹기였을 텐데."

명리의 정확한 지적에 상처가 다시 욱신거렸다.

"살려 둘 이유가 있었겠지."

이랑이 말했다.

"아니면 죽일 가치도 없었거나."

묘주의 말에는 반박할 수 없었다.

나는 애초에 놈의 상대가 되지 못했다. 수많은 마녀에게 회복 불가능한 상처를 준 놈이다. 놈이 나를 살려 둔 다른 이유는 생각할 수 없다. 그저 더 가지고 놀고 싶은 것이다. 맹세한 대로 천천히, 그리고 충분히 괴롭히다 죽일 셈이다. 아니면.

누군가 나를 도왔다. 쓰러진 나를 안아 들었다. 어둠과 구분되지 않는 누군가. 꿈인 줄 알았다. 꿈이 아니었나. 꿈이 아니었다면 그건 누구인가. 모르는 얼굴이지만 이상하게도 몹시 친숙한 그는 도대체 누구였을까.

"정신 차려, 마령!"

명리가 내 눈앞에서 짝 소리 나게 손뼉을 쳤다.

"마루는 도시 어디에도 없었어."

"찾을 수 없었을 거야."

내내 듣고만 있던 능이가 입을 열었다.

"이쪽 세계에는 없어."

"그게 무슨 말이야? 이쪽 세계에는 없다니. 그럼……."

그다음 말은 차마 할 수 없는지 이랑이 말을 멈췄다. 이 집에 새로운 규칙이 생겼다. 죽음이라는 말은 이제 금지다.

"마루는 놈들의 세계에 있어."

"진짜? 거기가 정말 존재하는 곳이었어?"

명리가 깜짝 놀란 얼굴로 외쳤다.

"농담 아니었어? 난 아빠가 지어낸 얘긴 줄 알았지. 내가 어렸을 때 사고 치면 아빠가 늘 놈들 세계로 보내 버리겠다고 협박했거든."

"존재하지만 존재하지 않는 곳이기도 하지."

능이의 말에 명리가 이게 다 뭔 말이래, 하는 표정을 지었다.

"그게 뭐야? 존재하지만 존재하지 않는 곳?"

능이가 명리에게 고개를 끄덕여 보였다.

"말 그대로야. 존재하지만 존재하지 않는 곳. 놈들의 세계는 이쪽과 달라. 거긴 아무것도 없는 곳이지. 공간도, 시간도 없어. 그래서 놈들이 이쪽 세상을 넘보는 거야. 이쪽 세계를 닫아서 놈들의 세계로 만들고 싶은 거지."

"그게 뭐냐. 뭐가 그리 복잡해. 역시 진짜 이상한 놈들."

이랑이 아무래도 모르겠다는 얼굴로 중얼거렸다.

"그러니까 이곳이 아닌 또 다른 어떤 시공간이 존재한다고? 혹시 평행 우주 같은 걸 말하는 거야?"

묘주가 어이없다는 얼굴로 말했다.

"그렇게 생각하고 싶다면 그렇다고 해 두지."

"말도 안 되는 소리."

묘주의 일축에 능이가 고개를 끄덕였다.

"그래, 말도 안 되지. 세상은 믿을 수 없는 것들로 이루어진 곳이니까. 증거가 여기 있잖아. 묘주, 너와 나, 우리 모두. 심지어 마령은 마녀라고."

"아직은 아니야."

나는 작은 목소리로 말했다.

"헐, 넌 너 자신을 그렇게 모르냐? 넌 세계가 닫히는 걸 막고 있다고. 마녀 아니면 누가 그런 일을 하냐?"

명리가 또 등을 후려칠 기세로 말했다.

"나도 모르겠어. 내가 원하는 건 마루를 다시 찾는 거야."

내가 침울하게 말하자 모두 무거운 얼굴로 침묵했다.

"방법이 없는 건 아니야. 세계의 끝으로 가면 돼."

능이의 말에 모두의 얼굴에 같은 표정이 떠올랐다. 세계의 끝?

"정확히 말하면 그런 곳은 없어. 말했듯이 놈들의 세계는 존재하지만 존재하지 않는 곳이니까. 하지만 시간이 뒤틀리는 순간, 저쪽 세계로 넘어갈 수 있어."

시간이 뒤틀리는 순간. 능이가 더 설명할 필요는 없었다. 우리 모두 그것을 잘 알고 있다. 우리는 별의 움직임을 살피고 달의 모양에 따라 움직이는 존재들이니까.

달이 떴지만 완전히 모습을 감추는 밤, 시간이 뒤틀린다. 그 시간 동안 땅과 하늘은 활짝 열리고 만물과 정령과 어둠의 세력이 활개를 친다. 그것은 개기 월식이라는 이름으로 불린다. 붉은 보름달이 뜨고 그 달이 지구와 나란히 놓여 달이 마침내 사라지는 밤.

"그럼 시간이 뒤틀리는 때까지 기다리면 돼?"

이랑이 물었다.

"아니, 시간이 뒤틀리는 순간, 우리가 세계의 끝에 가 있어야 해."

"세계의 끝이라는 곳은 없다며? 그런데 어떻게 간단 말이야?"

명리가 물었다.

"우리가 움직이면 세계의 끝이 움직이기 시작할 거야. 그리고 도착하면 알게 될 거야. 세계의 끝이라는 걸."

"그곳에 마루가 있단 말이지?"

이해할 수 없지만 나는 확인하고 싶었다. 어딘지는 몰라도 마루가 있는 곳에 내가 갈 수 있다는 것을.

"내 생각에는 그래. 하지만 확신할 순 없어. 저쪽 세계로 넘어가려는 시도는 한 번도 해 본 적 없거든. 저쪽 세계로 넘어간 다음 돌아올 수 있으리라는 보장도 없어."

침묵이 흘렀다. 돌아오지 못할 수도 있다. 위험을 각오하는 정도가 아니다. 최악의 경우 돌이킬 수 없게 된다.

"놈들은 이쪽 세계로 넘어왔잖아."

"그래, 놈들은 강렬히 원했으니까. 하지만 우리는 저쪽으로 넘어갈 필요가 없었지."

"이젠 필요해졌어."

"그래, 마령. 네가 간절히 원하고 있으니까."

능이가 조용히 말했다. 그리고 아무도 더는 말하지 않았다.

개기 월식은 사흘 뒤다. 지구가 달을 덮어 그 빛을 사라지게 하는 날.

3부

세계의 끝,
마령의 포진

선물

    마녀의 수련 과정은 길다. 어머니 마녀에게서 마법을 전수받았다고 끝이 아니다. 스스로 익히고 경험하며 능력을 길러야 한다. 평생 수련의 연속이다.

    어머니 마녀로부터 전수 과정이 끝난 뒤, 마녀는 무기를 하나 선택할 수 있다. 마녀의 무기는 공격이 아니라 방어가 목적이다. 자신에게 가장 적합하고 효율적인 무기를 선택한다. 어떤 무기를 가졌는지는 자신만 알 수 있다. 스스로를 보호해야 할 순간이 되면 비로소 마녀는 무기를 꺼내 든다.

    엄마와 할머니도 무기를 지녔을 것이다. 나는 알지 못한다. 할머니와 엄마가 자신을 위해 어떤 무기를 선택했는지. 그리고 무기를 꺼낸 순간에 대해서도 모른다. 마루와 나를 지키기 위해서라면 엄마와 할머니는 틀림없이 무기를 잡았을 것이다.

나는 만옥이를 안고 한참 쓰다듬어 주었다. 만옥이는 한사코 내게서 떨어지지 않으려 했다. 밥그릇에 먹이와 물을 가득 채워 주고 집을 나섰다. 울음소리가 내 뒤를 따라왔다. 다시는 못 볼 것처럼, 만옥이는 운다.

마당의 나무가 달빛을 받아 하얗게 빛났다. 그 아래 무언가 놓여 있었다.

단검이었다. 칼자루부터 칼날 끝까지 30센티미터 남짓한 칼. 아무 문양 없는 은빛 칼자루 끝에 진녹색 작은 유리 조각이 박혀 있다. 칼집에서 칼을 뽑자 달빛에 날이 푸르스름하게 빛났다. 누구인지 모르지만 분명 내게 이 단검을 주었다. 손에 쥐자 단검은 마치 오래전부터 내 것이었던 듯 손에 착 감기었다.

나는 단검을 외투 속에 숨기고 집을 나섰다. 하얀 입김이 차가운 공기 속으로 퍼졌다. 하룻밤 새 계절이 바뀌었다. 혹독한 겨울이었다.

행군

밤이 되자 도시의 잿빛 형체는 유령처럼 희끄무레해졌다. 생명의 흔적은 어디에도 없었다. 강도도 약탈자도 사라졌다. 거리는 두꺼운 재로 뒤덮였다. 길가에 버려진 옷 한 벌. 그 안에는 얼마 전까지 심장이 뛰던 생명체가 차갑게 굳어 있다. 나는 외면하려 애썼다.

도시를 가로질러 계속 걸었다. 방향으로 말하자면 북쪽이다. 사실 방향 같은 건 아무 의미 없었다. 어둠의 세력이 모이는 곳, 세계의 끝으로 간다. 우리는 묵묵히 능이의 뒤를 따라 걸었다.

다리가 무거워지기 시작했을 때 고속도로가 나타났다. 걸어서 여기까지 온 적은 처음이었다. 우리는 잠시 멈춰 길을 살폈다. 달리는 차는 없었다. 불빛 한 점 없어 시야가 닿는 곳은 어둠뿐이었다. 완전한 어둠은 아니다. 멀리 어슴푸레한 산 위로 달이 떠올라 있었다. 달이 있는 동안은 계속 걸어야 할 것이다.

추웠다. 점점 더 추워졌다.

이가 딱딱 마주쳤다. 불이 휩쓸고 간 자리는 순식간에 얼음이 되었다. 놈들은 불장난에 싫증을 내고 이젠 모든 것을 얼려 버리기로 작정한 모양이었다. 빈 땅의 추위는 고통 이상의 고통이다. 가까스로 살아남은 이들은 어딘가에서 혹독한 밤을 견디고 있을 것이다. 놈들은 사람을 절망에 빠뜨리는 법을 아주 잘 알고 있다.

외투를 여미고 주머니에 손을 넣었다. 외투 속 단검이 만져졌다. 차가운 것이 뺨 위에 부드럽게 닿는다. 나는 고개를 들어 올려다봤다.

눈이다. 검은 밤하늘에서 눈송이 하나가 떨어졌다. 언 땅 위에 내린 눈이 결정 모양 그대로 얼어붙었다. 눈은 떨어지는 별처럼 점점이 내리다 이내 잿빛 눈보라로 바뀌었다. 바람이 정신없이 불어왔다. 거세게 몰아치는 눈 때문에 앞으로 나가기 힘들었다. 그래도 가야만 한다. 놈들은 우리가 오는 것을 달가워하지 않는 게 분명했다.

추위와 눈보라 때문에 걷는 속도가 점점 떨어졌다. 이제 우리는 어깨를 잔뜩 웅크린 채 발을 끈다. 머리는 멍해지고 다리는 내 것 같지 않다.

나는 수업 시간에 자주 하던 것을 해 본다. 눈은 칠판에 두고 머릿속으로 장기를 두곤 했다. 장기판을 그리고 그 위에 말을 놓는다. 왕을 궁성 안에 세우고 왕 옆에 사를 둔 뒤 마와 상, 차와 포와 병졸을 배치한다. 진형을 갖추기 위해 말을 움직인다.

초반 포진이 중요하다. 장기의 포진법은 귀마, 원앙마, 양귀마, 면상, 양귀상 등이 있다. 귀마가 가장 흔히 쓰이는 포진법이고, 나역시 즐겨 쓴다. 하지만 이번 판은 면상 포진법이다.

면상 포진. 궁성 아홉 자리 중 맨 윗부분 가운데 자리인 면에 상을 배치하는 포진법이다. 보통 면 자리에 포를 배치하는 다른 포진과 달리 면에 상을 두면 궁성을 튼튼히 할 수 있다. 양 포를 공격적으로 쓸 수 있어 판세의 주도권을 잡고 적의 포진을 무너뜨린다. 무엇보다 마음에 드는 건 다섯 개의 병졸을 나란히 앞에 세운다는 점이다. 함께 나아가는 것이다. 서로의 안위를 살피며 적의 진영으로 한 발 한 발. 하지만 면상 포진에는 치명적인 단점이 있다. 진형이 흐트러지면 단숨에 무너질 수 있다. 면상 포진으로는 단 한 번도 이겨 본 적 없다. 상대방이 면상 포진으로 나올 때도 역시 백전백패였다.

내가 장기를 처음 둔 게 언제였을까. 기억나는 건 엄마와 마주앉아 말을 옮기는 장면이다. 적어도 여섯 살 이전이다.

장기는 엄마에게 배웠다. 할머니는 장기를 둘 줄 몰랐으니 엄마는 아마 다른 이에게 장기를 배웠을 것이다. 아마도 평범한 인간에게서. 내가 한 번도 불러 본 적 없는 이름을 지닌 인간. 엄마와 그는 말을 옮기며 이따금 말을 나누기도 했을 것이다. 날씨와 건

강, 비와 지붕, 마당과 사과나무, 풀과 장미……, 마루와 내가 사는 세계에 관해. 서로의 의견은 일치하기도 하고 어긋나기도 했겠지만 승부에는 양보가 없었으리라.

처음부터 엄마는 봐주는 법이 없었다. 열 번 두면 내가 한 번 이길까 말까 했다. 나는 지고 나서 분을 참지 못해 장기 말을 벽에 던진 적도 있었다. 왜 장기 말에 화를 내지? 화난 상대는 따로 있잖아. 엄마가 조용히 말했다. 그랬다. 나는 내게 화가 났고 그것을 엄마가 다 아는 게 부아 나고 부끄러워 엄마 무릎에 얼굴을 묻고 엉엉 울었다. 엄마는 내가 실컷 울게 내버려 두는 식으로 나를 달랬다. 점차 내 실력이 늘어 엄마와 비등해졌다. 승패는 반반이었다. 그러다 마침내 전세가 역전됐다. 엄마가 져 줬더라면 내 장기 실력은 나아지지 않았을 것이다. 엄마는 그렇게 나를 가르쳤다.

상대방의 주문을 거슬러라, 마령.

엄마는 그렇게 말하곤 했다. 어린 나는 그게 무슨 뜻인지 헤아리려 한다. 오래전 일이다. 아주 오래전은 아니다. 뻐꾹뻐꾹. 뻐꾸기가 시간을 알린다.

정신 차려, 마령.

잠시 후 그게 능이 목소리라는 걸 깨닫는다. 나는 걸으며 졸고 있었다.

다른 아이들도 마찬가지였다. 이랑의 머리는 어깨 사이로 천천히 떨어졌고, 발은 기계적으로 움직였다. 명리는 가슴에 턱을 붙이고 눈은 반쯤 떴지만 텅 빈 채 좋은 꿈이라도 꾸는지 입가에 미소를 띠고 있었다. 고개를 숙이고 느리게 걷는 묘주의 뒤로 은빛 꼬리가 축 처진 채 따라가고 있었다.

"명리야, 자면 안 돼."

나는 힘겹게 졸음을 물리치며 중얼거렸다. 명리가 고개를 들고 명하니 나를 바라봤다. 눈은 뜨고 있지만 여전히 자는 것 같았다.

"아, 저기…… 별똥별."

갑자기 명리가 하늘을 가리켰다. 나는 하늘을 올려다봤다. 밤하늘을 가로지르는 희미하게 긴 빛줄기.

빨리 소원을 빌어.

누군가 내게 속삭인다.

아무 소원도 떠오르지 않았다.

굵은 소금 알갱이 같은 별이 후드득 떨어졌다. 잿빛 땅이 별을 삼켰다. 환호성을 지르고 싶었지만 목소리가 나오지 않았다.

떠올랐다. 소원. 이대로 눕고 싶다. 눕기만 한다면 아주 깊고 편안한 잠에 빠져들 것 같다. 꿈도 없는 완벽한 잠. 다시는 깨어나지 않을 두터운 잠.

"잠들면 안 돼!"

능이가 소리쳤다. 주위가 갑자기 번쩍였다. 비로소 우리는 정신이 돌아온다.

추위 때문만은 아니었다. 일종의 환각 상태였다. 놈들의 술수였다. 어둠 속에서 놈들이 우리를 지켜보고 있었다.

머릿속에서 다시 말이 움직인다. 병졸이 행군한다. 그 뒤로 포가 낮게 으르렁거리며 달린다. 나는 상대방의 허점을 살피며 결정적 한 방을 노린다. 기회가 오면 즉시 달려들어 멱을 끊을 것이다.

갑자기 명리가 큰소리로 노래하기 시작했다.

"우리는 전사다. 푸른 초원을 박차고 달리는 전사……."

축구 동호회에서 부르는 노래인 모양이다. 응원이 필요한 밤이었다. 음정은 몹시 엉망이었다. 그래도 듣다 보니 좋았다.

우리는 다시 앞으로 나아갔다.

모닥불

눈이 그쳤다. 얼마나 걸었는지 모르겠다. 다리에 느낌이 없어진 지 오래였다. 내 어림으로라면 지금쯤 동이 터야 할 시각이다. 하늘에는 여전히 달이 떠 있었다. 완전한 원에서 약간 모자라는 둥그스름한 달. 달 주위에 짙은 구름이 끼어 있었다. 특별한 건 보이지 않았다.

우리는 한때 숲이었던 곳을 지나고 있었다. 숯이 된 나무와 그을린 바위. 황량한 벌판과 멀리 산의 형태를 이룬 희미한 그림자. 아무리 걸어도 산은 가까워지지 않는다. 몇 시간째 마을도 도시도, 하다못해 타고 남은 건물 한 채 보지 못했다. 인적 하나 없었다. 내 짐작이 맞는다면 우리는 전혀 다른 공간, 어쩌면 전혀 다른 시간 속을 걷고 있었다. 어둠과 혼돈만이 존재하는 곳.

맨 앞에 가던 능이가 멈춰 섰다. 갑자기 나타난 빙벽. 달빛이 부서져 내린 빙벽이 날카로운 창처럼 번득였다. 희끄무레한 길이 빙벽을 돌아 위태롭게 이어지고 그 아래는 아득한 낭떠러지였다. 우리는 한 줄로 서서 소름 돋도록 차가운 얼음벽에 달라붙어 조심조심 발을 내디뎠다. 미끄럽다. 다리가 후들거리고 등에서 땀이 솟아 이내 차갑게 식었다. 발아래는 컴컴하고 그 끝은 보이지 않았다.

쿠르릉 소리가 들렸다. 천둥소리는 아니었다. 바로 머리 위에서 들리는 소리였다.

이랑이 외쳤다.

"조심해!"

거대한 얼음덩어리가 맹렬하게 굴러 내려왔다. 이랑이 떨어지는 얼음덩이를 받아 낭떠러지 아래로 던졌다. 바닥에 닿는 소리는 들리지 않았다. 연이어 덤벼드는 얼음덩이. 얼음 조각이 폭포수처럼 쏟아져 내렸다. 크고 작은 얼음덩이의 공격이 계속되고 이랑은 받아 내고 부수고 던졌다. 미처 이랑이 막지 못한 얼음덩이 하나가 나를 향해 달려든다. 피하려다 나는 발이 미끄러진다.

떨어진다. 낭떠러지 아래 어둠 속으로. 나는 두려워 비명조차 지르지 못한다.

그 순간 내 몸이 푹신한 바닥에 닿는다. 부드럽게 일렁이는 털. 커다란 늑대가 나를 받아 등에 태우고 얼음을 타고 오른다. 이내 늑대는 나를 안전한 곳에 무사히 내렸다. 나를 둘러싼 얼굴에 걱정하는 빛이 역력했다. 나는 여전히 떨고 있었지만 아무도 눈치 채지 않기를 바라며 안간힘을 다해 웃어 보였다. 얼음덩이의 공격이 끝나자 늑대는 이랑의 모습으로 돌아왔다. 우리는 차가운 얼음 골짜기를 벗어나 다시 걷기 시작했다.

한참을 걸었다. 내가 속했던 세계의 시간으로 따지면 하루를 꼬박 걸었다. 이렇게 오래 걷기는 처음이었다. 아무도 지친 기색이 없었다. 뒤처지지 않으려 열심히 걷고 있지만 나는 아까부터 한쪽 발을 약간 절고 있었다. 발에 물집이 잡혔다 터지기를 반복했다.

"여기서 잠시 쉬어 가자."

능이가 돌아보며 말했다. 커다란 바위가 지붕처럼 펼쳐져 있었다. 바위 아래쪽이 동굴처럼 파여 바람을 피하기에 적당했다. 나는 쓰러지듯 주저앉았다.

능이가 주변에서 숯으로 변해 버린 나뭇가지들을 주워 모았다. 이랑이 그것을 보더니 뛰어서 사라졌다가 잠시 뒤 타 버렸지만 가까스로 형태를 유지하고 있는 나무를 뿌리째 뽑아 끌고 왔다. 묘주가 손가락을 슬쩍 나무에 대자 화르륵 불이 솟았다. 나는 놀란 내색을 하지 않으려 노력했다. 은여우족이 불을 쓴다고 들었으나 눈으로 본 건 처음이었다.

나무는 잘 타올랐다. 우리는 모닥불 앞에 서로의 몸을 붙이고 앉았다. 놈들이 무기로 사용했던 불이 우리 몸을 녹였다.

명리가 메고 온 배낭을 풀었다. 축구공이라도 넣어 온 게 아닐까 생각했던 큼직한 배낭에서 의외의 것들이 나왔다. 우선 푸른 실로 짠 손바닥만 한 천이었다. 명리가 펼치니 천은 우리 모두의 몸을 덮고도 남을 넓은 담요가 됐다. 몸에 덮자 담요는 어둠에 물 들어 검은색으로 바뀌었다. 우리는 위장술에 능한 동물처럼 검은 담요 속에 몸을 숨겼다. 그런 다음 명리가 종이에 싼 것을 하나씩 나눠 줬다. 종이를 펼쳐 보니 안에 경단처럼 생긴 것이 있었다. 크 기는 탁구공만 했다.

"이게 뭐냐? 드래곤볼?"

이랑이 물었다.

"만 년을 사는 청룡의 장수 비결이지. 좋은 거야. 먹어 둬."

명리가 경단을 한입에 쏙 넣고 재촉하듯 모두를 바라보았다.

청룡의 음식은 처음이었다. 슬쩍 냄새를 맡아 보자 먼지 냄새가 났다. 입에 넣자 스르르 녹아 사라져 버렸다. 맛도 거의 먼지 맛이 었다. 먼지를 맛본 적은 없지만 먼지를 모아 뭉쳐 놓으면 딱 이런 맛일 것 같았다. 그런데 먹고 나자 대번에 허기가 가셨다.

"이런 걸 먹고 만 년을 산단 말이지. 이거 벌칙 아니야?"

이랑이 오만상을 찌푸린 채 말했다.

"어, 우리 아빠도 잘 안 먹더라고."

명리가 배낭 안에서 또 뭔가를 주섬주섬 꺼냈다.

"캠핑에는 역시 이거지. 뭐, 캠핑은 아니지만 거의 그런 셈이잖 아?"

명리의 배낭에서 컵라면이 나왔다. 물론 뜨거운 물을 담은 보온병도 있었다.

명리는 자신에게는 필요 없는 것들을 준비해 왔다. 청룡은 먹지 않아도 견딜 수 있을 것이다. 아니, 우리 가운데 담요의 온기와 배부른 음식이 필요한 건 나뿐이다. 아, 이랑은 예외다. 이랑이 반색하며 라면에 달려들었다.

우리는 김이 솟는 용기에 코를 박고 라면을 먹었다. 그 순간 잠시 놈들도, 세계의 끝도 잊었다. 캠핑은 아니지만 비슷한 느낌이었다. 마루는 다음 달에 숲 체험 캠프에 간다고 했다. 갑자기 뜨거운 걸 먹어서인지 콧물이 흘렀다. 나는 훌쩍이며 라면을 먹었다.

잠시 눈을 붙이기로 했다. 이 아이들도 잠이 필요한지 모르겠지만 명리는 담요 속으로 파고들어 누웠다. 청룡은 어디서나 순식간에 잠드는 능력이 있다는 사실을 알게 되었다. 코를 고는 명리 옆에 묘주가 웅크리고 누웠다. 이랑은 불을 지키고 능이는 바위 위에 올라앉아 주위를 살폈다. 죽을 만큼 피곤한데도 나는 잠들지 못했다.

나는 일어나 앉아 모닥불을 향해 손을 내밀었다. 이랑이 잔가지를 던져 불을 살렸다.

"고마웠어, 아까."

나는 제대로 하지 못했던 인사를 뒤늦게 했다. 이랑은 내 목숨을 몇 번이나 구해 줬다. 내 말에 이랑은 눈썹을 약간 씰룩일 뿐이었다.

"그리고 미안해. 널 오해했어."

"괜찮아. 익숙하거든."

이랑은 눈썹을 또 씰룩 움직일 뿐, 더는 말하지 않았다.

이상하리만치 고요했다. 마치 시간이 멈춘 것 같았다. 놈들은 사방에 숨어 이 순간에도 우리를 지켜보고 있을 것이다.

"나는……."

한참 뒤, 이랑이 꺼내기 힘든 이야기를 하듯 입을 열었다.

"너희가 좀 부러웠어."

나는 고개를 돌려 이랑의 얼굴을 바라보았다. 불빛이 닿지 않는 부분에 진한 그림자가 드리워졌다.

"너희는 가족이 있잖아. 능이는 혼자 지내지만 할아버지가 계신다고 했고."

"넌 쭉 혼자였어?"

"아주 오래전부터."

이랑이 불 속을 물끄러미 바라보았다.

"어느 날 갑자기 변해 버렸어. 나만 갑자기. 내 부모도 내 형과 동생들 누구도 늑대로 변한 사람은 없었지. 나도 몰라. 왜 나만 이렇게 됐는지. 내 조상 중에 있었을까. 그런 걸 물을 겨를도 없었어. 내가 늑대로 변하자마자 가족들은 무서워 벌벌 떨었고, 아빠는 도끼를 휘둘렀지. 그깟 도끼는 내게 아무것도 아니었지만 그때는 몰랐어. 아빠와 도끼가 무서워서 집에서 도망쳤지. 숲으로 달아나 숨어 있다 다시 사람으로 돌아오자 집에 갔어. 하지만 가족들은 문을 걸어 잠갔어. 문을 두드리고 아무리 애원해도 소용없었지. 나는 그들에게 더 이상 가족이 아니라 괴물일 뿐이었어. 아빠는 도끼가 아닌 총을 들었어. 설마 했는데 진짜로 쏘더라. 나는 다리에서 피를 흘리며 달아났어. 그러고 나서 멀리 떠났어. 다음에 늑대로 변하면 내가 가족을 가만두지 않으리라는 걸 알았거든. 죽이고 싶을 만큼 가족들이 미웠어. 그 뒤로 여기저기 떠돌았지. 늘 혼자. 인간과도 늑대와도 친구가 될 수 없었어. 처음엔 보름달이 뜨면 늑대로 변했고 그러다 어느 순간부터 내가 원할 때 변할 수 있게 됐지. 처음 늑대로 변한 그때의 나이로, 더 늙지도 죽지도 않고 살아왔어. 그다음부터는 너도 아는 이야기야. 어쩌다 보니 이곳까지 오게 됐고 장기라는 걸 두는 애들을 만나게 됐지."

"아직도 가족들이 미워?"

"오래전 일이야. 너무 오래돼서 기억도 안 나는데, 뭐."

이랑이 나뭇가지를 불 속에 던져 넣었다. 불길이 이랑의 얼굴에 비쳐 주황색으로 일렁였다.

"가끔 그립긴 해."

이랑이 작은 목소리로 중얼거렸다.

"마녀는 마법을 걸 수도 있지만 풀 수도 있지?"

"아마도."

"혹시 말이야……, 네가 진짜 마녀가 되면 말이야……, 나를 사람으로 되돌려 줄 수 있어?"

"사람이 되고 싶어?"

"사람이 되고 싶어서가 아니라, 더 이상 혼자 있기 싫어. 사람들 속에서 살다가 때가 되면 죽고 싶어."

이랑은 더 말하지 않았고 나는 아무것도 약속하지 못했다.

타닥타닥 장작 타는 소리가 이따금 들릴 뿐 사방은 고요했다. 이랑과 그렇게 긴 대화는 처음이었다. 우리는 말없이 나란히 불 앞에 앉아 있었다. 그보다 나은 위로 방법을 나는 알지 못했다. 그래서 그렇게 했다.

우리는 왜 장기를 두냐고 서로에게 물은 적 없다. 어쩌다 장기를 두기 시작했는지, 어쩌다 그토록 빠져들었는지도 물은 적 없다. 누구나 자신의 세계 하나쯤은 가지기를 원하고, 나는 장기판 위에서 말을 움직일 때 그 작은 사각형 공간이 오롯이 내 세계라 느꼈다. 아마 우리는 다르지 않았을 것이다. 이랑은 내게 처음으로 자신의 세계를 보여 주었다. 고독하고 차갑고 혹독했던 세계. 내가 그랬던 것처럼 장기 말들이 친구가 되어 준 날도 있었을 것이다.

나지막이 쿠르릉 소리가 들려왔다. 먼 산 위로 번개가 번쩍 내리쳤다. 산 위에 먹구름이 가득했다. 명리와 묘주가 일어나 앉아 하늘을 살폈다.

"어쩌 잠잠하다 싶었지."

명리가 말하고 담요를 걷어서 착착 갰다.

"이제 가자."

능이가 말했고 우리는 다시 길을 나섰다. 여전히 밤이었고 우리
는 밤과 같은 낮 속으로 걸었다. 월식이 시작될 밤이 다가온다.

잠행

하늘이 점점 더 어두워지고 천둥소리가 끊임없이 들려왔다. 번개가 번뜩이고 바람이 거세졌다. 먼 산꼭대기로 거대한 구름이 모여들었다.

좋은 징조는 아니었다. 날이 흐리면 달이 보이지 않을 터였다. 달이 뜨긴 하겠지만 개기 월식은 볼 수 없다. 보이지 않는다고 개기 월식이 일어나지 않는 건 아니다. 하지만 눈으로 확인해야만 한다. 시간이 뒤틀리는 순간, 우리는 세계에 끝에 가 있어야만 하기 때문이다.

다시 하늘을 나누는 번쩍임. 번개가 칠 때마다 언뜻언뜻 하늘을 나는 검은 형체가 보였다. 하늘이 온통 까매졌다. 뭔지 모르지만 하늘을 가득 메운 그것들이 우리를 향해 날아오고 있다.

잠시 뒤 놈들의 공격이 시작됐다. 요란한 날갯짓과 음산하게 울부짖는 소리가 귀를 찢었다. 새는 아니었다. 박쥐와 비슷하나 그것도 아니었다. 독수리만 한 크기에 새까만 몸통, 깃털 없는 날개. 날카로운 부리와 발톱을 세우고 놈들이 달려들었다.

날개가 스치고 간 뺨이 화끈거렸다. 매서운 부리가 칼처럼 목을 겨눴다. 쏟아지는 놈들의 공격을 피하는 것만으로도 벅찼다. 이랑이 정신없이 놈들을 잡는 족족 목을 부러뜨렸지만 수가 너무 많았다.

"마령, 엎드려!"

묘주가 소리쳤다.

아슬아슬했다. 내 머리를 스쳐 날아간 놈이 발톱을 세우고 다시 공격해 왔다. 그 순간 놈이 불덩이가 되어 발광하다 툭 떨어졌다. 묘주의 눈이 붉게 빛났다.

묘주가 하늘을 향해 양팔을 펼쳤다. 손가락 끝이 환하게 밝아지더니 불길이 치솟았다. 불은 그대로 하늘로 솟구쳐 올랐다. 묘주가 팔을 휘두르자 불꽃이 회오리바람을 일으키며 검은 하늘을 휘감았다. 지옥의 불구덩이에서 들릴 듯한 끔찍한 비명이 울렸다. 새까맣게 탄 것들이 하늘에서 우수수 떨어지더니 이내 바스러져 바람에 날려 가 버렸다. 묘주가 불을 거두어들였다.

넋이 나갈 정도로 근사했다. 멋지다고 소리 지르고 싶었다. 묘주와 친했더라면 그랬을 것이다. 묘주가 손가락 끝을 후, 불며 나를 바라보았다. 잘못 보지 않았다면 묘주는 나를 보며 슬쩍 웃어 주었다. 은여우족이 사람 마음을 읽는다는 얘기가 문득 떠올랐다.

다시 걷기 시작했다. 천둥소리는 멈췄다. 사방이 이상스레 고요했다. 불안했다. 폭풍 전조 같았다. 태풍 한가운데 같기도 했다.

"누군가 뒤따라와."

묘주가 속삭이듯 말했다.

"놈들은 아니야."

이랑 역시 소리를 낮춰 말했다.

"이런 기분, 전에 느낀 적 있는데."

명리가 슬쩍 뒤돌아보고 말했다.

"자판기가 돈만 먹고 입 닦았을 때 기분이야. 아!"

묘주와 이랑이 명리를 향해 고개를 끄덕였다.

"무시할까?"

"의도는 확인해 두는 편이 좋지 않을까?"

"마령이 상대하는 게 좋겠지?"

"마령은 잘 모르는 것 같던데."

자판기 얘기를 나만 빼고 다 아는 모양이었다.

모두 걸음을 멈추고 몸을 돌려 일제히 한 곳을 응시했다. 우리가 걸어온 길이 쭉 뻗어 있을 뿐, 별다른 건 눈에 띄지 않았다. 몸을 숨길 만한 장소도 없었다. 나는 이리저리 두리번거렸다. 그 순간 잘 드는 칼로 검은 천을 베어 내듯, 어둠을 가르고 미행자가 모습을 드러냈다.

"선생님?"

위다솔 선생님이 나를 향해 싱긋 웃었다.

"안녕, 마령."

"선생님이 왜 여기에……."

나는 어리둥절해서 묻다 깨달았다. 나는 정말 어리석었다. 이곳에 있다면 이유는 둘 중 하나다. 아군 아니면 적. 그리고 그는 인간이 아닌 존재다.

선생님은 늘 그랬듯 나를 향해 상냥하게 웃었다. 아니, 선생님의 모습을 한 누군가가 지독히도 친숙한 미소를 지었다. 모두가 조는 교실에서 꿋꿋이 화학식을 설명하고 내 병원 침대에 초콜릿과 과자를 슬쩍 두고 가던 소용돌이 지문을 가진 선생님. 이제는 누군지 전혀 알 수 없는 존재를 나는 어둠 속에서 물끄러미 바라봤다. 어쩐지 지독히 슬퍼졌다. 내가 알던 열정적이고 성실하던 위다솔 선생님은 애초에 없었던 건가.

"당신, 누구죠?"

"이제야 궁금해졌니, 마령?"

어둠의 세력은 아니다. 능이처럼 정체를 파악할 수 없는 이종일지도 모른다. 무엇인지 모르지만 능이가 대단한 존재임은 짐작한다. 하지만 위다솔 선생님의 모습을 한 존재에게선 이종의 흔적조차 없었다.

"처음부터 속인 거예요?"

"속이다니. 그럴 리가. 난 절대 그런 적 없어."

선생은 또 빙긋 웃었다.

나는 아이들의 얼굴을 둘러봤다. 다시 한번 깨달았다. 나는 정말 어리석었다. 다른 아이들은 이미 알고 있었다.

"당신이 끼어들 줄은 몰랐는데."

묘주가 말했다.

"무슨 소리야. 내가 동아리 담당 교사인데. 내겐 책임이 있어. 학생들을 지도하고 인솔할 책임."

"그런 소린 학교에서나 해. 여긴 보다시피 학교가 아니고."

명리가 말했다.

"그래? 잘됐네. 나도 책임감 같은 거 귀찮거든. 그럼 구경이나 할래. 모처럼 재미난 일이 생길 것 같은데 말이야. 나 그런 거 좋아하거든."

"훼방 놓을 생각이라면 돌아가는 게 좋을 거야."

이랑의 입에서 나직하게 으르렁거리는 소리가 흘러나왔다. 이랑은 변하고 있었다. 보름달이 하늘 가운데에 떠올랐다.

"어이구, 무서워라. 늑대 아저씨."

그의 말에 이랑이 날카로운 송곳니를 드러냈다.

"다들 침착하라고. 아직 정체를 드러낼 때가 아니잖아. 명리, 비늘 돋아났어. 묘주도 꼬리 좀 잘 숨겨. 장기 동아리가 아니라 동물원이네. 희귀종 모임."

말이 끝나기도 전에 명리가 위다솔 선생에게 머리를 날렸다. 푸른 초원을 박차고 달리는 전사처럼. 명리는 당황했다. 그는 순식간에 사라져 버렸다.

아니, 다시 나타났다. 그가 미소를 지은 채 명리 뒤에 서 있었다.

이종이다. 틀림없다. 그것도 꽤 큰 능력을 가진 존재다. 내가 전혀 의심하지 못할 정도로 완벽히 정체를 숨길 수 있는 존재.

"이 일에 끼어들지 않기로 선택하지 않았나? 그러니 돌아가."

능이가 말했다. 이게 다 무슨 소리인가. 나는 능이와 선생을 번갈아 보았다.

"방해할 생각 없어. 그저 구경하고 싶을 뿐이야. 드디어 세상이 닫히는 것을."

그의 뒤로 아득한 어둠이 펼쳐졌다. 하늘에는 붉은 달이 떠 있다. 완벽하게 둥글고 어딘지 불길한 달.

월식

그림자가 점점 흐려졌다. 달이 여위어 가고 있었다.

달은 이제 우리 머리 꼭대기에 떠 있다. 별 없는 밤이었다. 사방은 을씨년스러울 정도로 고요했다. 나는 슬쩍 뒤를 돌아다봤다. 나란히 걷고 있는 명리와 묘주 뒤로 이랑이 두어 걸음쯤 뒤처져 걷고 있었다. 저 어둠 어디엔가 그가 따라오고 있을 것이다.

나는 묵묵히 걸으며 위다솔 선생의 정체를 곰곰이 생각해 보았다. 다른 아이들은 그 정체를 알고 있지만 내게 알려 줄 수는 없다. 그것은 금기였다. 스스로 알아내거나 상대방이 본모습을 드러내야만 한다. 내가 마녀였다면 진즉 정체를 파악했을 것이다. 나는 새삼 절망했다. 내가 마루를 구할 수 있을까? 마녀도 아닌 내가? 쓸데없는 생각이었다. 고개를 세차게 흔들었다. 나는 마루를 구한다. 내가 생각해야 하는 건 그것뿐이었다.

"괜찮아?"

명리가 내 옆에 따라붙으며 물었다.

"응, 넌 괜찮아?"

"끄떡없지. 나 운동하잖아."

명리가 슈팅을 날리는 시늉을 해 보였다. 속까지 시원해지는 호쾌한 발 차기.

내 또래의 모습을 하고 있지만 명리는 수 세기를 살아왔다. 묘주, 이랑과 능이도 마찬가지다. 짧게는 수백 년, 길게는 수천 년. 경험과 능력으로는 절대 나는 이들의 상대가 안 된다. 이 아이들이 적이 아닌 친구라서 천만다행이다.

"한 판 둘까?"

명리가 말했다.

"지금? 어떻게?"

명리가 허공을 바라보며 빙긋 웃었다.

어둠 위에 우리는 장기판을 그린다. 가로 10줄, 세로 9줄. 선을 긋고 말을 세운다. 내가 푸른색 말, 명리가 붉은색 말이다.

"졸을 오른쪽 한 칸 옆으로."

"병을 왼쪽 한 칸 옆으로."

내가 마를 올리자 명리도 마를 옮긴다. 올린 마 옆으로 포를 붙이자 명리도 포를 움직인다. 내가 왕을 궁성 뒤로 옮기자 명리가 눈이 동그래져서 나를 돌아본 뒤 씩 웃더니 병을 옮겨 장군을 부른다. 괜찮다. 예상했던 수다. 상을 포 앞으로, 졸을 옆으로, 마를 올리고 포를 가장자리로. 명리가 양 포를 분리시켜 공격해 온다. 나는 상을 궁성의 맨 위 가운데 자리에 둔다. 면상 포진이다. 명리는 흔들림 없이 병을 움직여 압박해 온다.

어둠 속에서 말들은 쉼 없이 움직인다. 순식간에 게임은 중반에 접어들었다.

"마를 왼쪽으로."

"포는 사를 타고 넘어서 차 뒤로."

나는 내 마를 서둘러 피신시킨다. 명리가 포를 움직여 내 졸을 노린다. 명리도 농포전으로 나오고 있다. 예상치 못했던 수다.

"장군."

내가 장군을 외치자마자 명리의 마가 왕을 지키려 달려온다. 나는 포를 옮긴다. 명리가 받아친다. 쫓고 쫓기고 잡고 잡힌다. 이제 내 졸은 셋 남았고 명리의 병은 다섯 모두 건재하다. 내 졸이 방어하던 자리가 뚫렸고 명리는 그 틈을 놓치지 않고 집요하게 공격해 왔다.

마를 앞으로. 포를 궁성 안에. 차를 올려. 마를 전진. 졸로 포를. 차로 마를. 마를 올려 견마. 차를 옆으로. 졸을 안으로. 그 자리에 병을. 상을 중앙으로. 상을 뒤로.

명리와 내가 내뱉는 입김이 검은 대기 속으로 희미하게 퍼져 나갔다. 싸움은 막바지였다.

나는 포를 상대의 진영으로 진격시켰다. 위험한 수였다. 상대에게도 나에게도. 이번 수가 승패를 좌우할 것이다. 적은 내 수에 말려들 것인가, 아니면 내 수를 역으로 이용해 칠 것인가. 숨 고를 시간이 필요하다. 나도, 명리도.

"그 빚이란 게 뭐야?"

내가 물었다.

"응?"

"그때 묘주가 너한테 빚이 있다고 했잖아."

"아. 뭐, 별건 아니야. 예전에 묘주네와 다른 이종들 사이에 싸움이 난 적이 있어. 이종들이 협력해서 묘주네를 공격하는 바람에 묘주네 영역이 물에 휩쓸렸지. 은여우족은 물에 약한 편이거든. 그때 우리가 좀 도와줬어. 우린 물을 다스리니까."

"생명의 은인이구나."

"뭐, 물 좀 막은 걸로."

"묘주와 만난 지 오래됐지?"

"얼마 안 돼. 한 육백 년 돼 가나?"

명리와 묘주는 각별했다. 그렇게 오랫동안 알고 지낸다면 그럴 만도 하다. 하지만 육백 년, 아니 천 년이 지나도 묘주는 절대 내게 곁을 내줄 것 같지 않다.

"예전엔 묘주네도 이웃과 어울려 살았대. 평범한 인간처럼. 친한 친구도 있고 그랬나 봐. 거, 왜 있잖아, 베프 같은 거. 그런데 살던 도시에 갑자기 전염병이 돌아서 사람이 엄청 죽기 시작했대. 묘주 친구도 병에 걸려 죽어 갔고. 묘주는 차마 보고만 있을 수 없어서 가족들 몰래 약을 가져다줬대. 은여우의 비법으로 만든 약 말이야."

"죽은 사람도 살려 낸다는?"

"그래, 맞아. 나도 본 적은 없지만. 은여우가 죽을 때 토해 내는 환으로 만드는 약이라니까 엄청 귀한 약이지. 은여우는 거의 불사의 존재니까. 아무튼 그 약을 먹은 친구는 회복했고 묘주는 약에 대해서 비밀로 해 달라고 친구에게 다짐을 받았어. 그런데 그 친구가 병든 가족들도 살리고 싶다고 약을 더 달라고 했대. 근데 그게 공장에서 만들어 내는 약도 아니고 말이야. 있으면 줬을 텐데 없어서 못 줬지. 그러고 나서 사람들이 묘주네 집으로 몰려왔대. 손에 몽둥이랑 식칼이랑 낫 같은 거, 아무튼 손에 잡히는 건 죄다 들고. 묘주 친구가 앞장서서 왔더래."

나는 슬쩍 뒤를 돌아보았다. 무표정한 얼굴로 묘주가 뒤따라오고 있었다.

"말이 되냐? 인간을 믿다니."

명리가 말하고 나서 겸연쩍은 얼굴이 되었다. 내가 인간이라는 걸 뒤늦게 깨달은 눈치였다. 나는 모르는 척하고 말했다.

"친구라고 생각했으니까."

"그래, 그때부터 묘주는 친구 따윈 만들지 않아."

"하지만 너와 묘주는 친구 아냐?"

"글쎄, 그럴까. 내가 은여우랑 친구라고 하면 우리 아빠는 배꼽 빠져라 웃을걸. 물론 마녀도 마찬가지지."

명리가 내 눈치를 슬쩍 살폈다.

"우린 뭐, 같이 장기나 두는 사이지. 묘주가 좀 똘똘해 보여서 장기를 가르쳐 봤어. 내가 좀 심심하기도 했고. 싫다는 걸 따라다니면서 가르쳤는데 툴툴대면서 배우더니 엄청 잘 두는 거야."

"청출어람."

"엄청 훌륭한 스승인 거지, 내가. 아, 참, 마령. 나 할 말 있어."

"응?"

"장군."

명리의 차가 단숨에 달려와 내 왕을 코앞에서 위협했다.

진퇴양난. 나는 양 포로 왕을 지키고 있지만 꼼짝 못 하는 형국이었다. 마를 내보내도 차로 잡힐 것이고 차로 막아도 병이 쳐들어올 것이다. 나는 패배를 인정했다.

"역시 면상 포진은 무리인가?"

"솜씨 없는 목수가 연장 탓한다고 했다."

"방금 너 되게 어른 같았어."

히히, 웃으며 명리가 묘주 곁으로 돌아갔다.

계속 황량한 벌판이었다. 앞서거니 뒤서거니 했지만 우리는 서로 서너 걸음 이상은 떨어지지 않고 걸었다. 나는 조금 전 경기를 복기해 보았다. 머릿속에 장기판을 그리고 말을 움직였다.

명리의 장기는 거침이 없다. 모 아니면 도였다. 초반에 기세를 잡으면 그대로 밀어붙여 백기를 받아 내지만 한편 어이없이 무너지기도 했다. 이번 판에서 명리는 병으로 차근차근 나를 압박했고 펄펄 날던 차로 쐐기를 박았다. 초반에 차의 길을 막았어야 했다. 후회해도 늦었다.

차는 말 중에 가장 점수가 높다. 제일 위력적이라는 의미다. 다른 말이 길을 막지 않는 한, 어디든 직진할 수 있다. 양 차의 합동 공격은 단숨에 판을 끝낼 수도 있다. 나는 차의 자리에 명리를 놓는다. 명리 외에 다른 수는 생각할 수 없다.

포는 독특하게 움직인다. 다른 말 하나를 넘어야만 움직일 수 있다. 직접 공격하기보다는 앞에 놓인 말에 힘을 실어 줘 포진에 변화를 준다. 포를 좌우로 이동시켜 상대 진영을 교란시키는 농포를 잘만 하면 차보다도 위력적이다. 양 차에 포까지 가세하면 무적이다. 포 자리는 두말할 것 없이 묘주다.

이랑은 저돌적인 공격수다. 장기 말로 따지면 적진을 향해 돌진하는 마와 같다고 할까. 아니, 언제 어디서 튀어나올지 모를 상에 더 가까운 것 같다. 상은 한 칸 직진한 뒤 양쪽 사선으로 두 칸 움직인다. 기물 중 뛰는 길을 가장 예측하기 힘들어 의외의 승부를 내는 복병이다. 상 자리에 이랑을 두기로 한다.

마는 경기 초반에 주로 궁성을 지키며 병졸의 진격을 돕고 포의 다리가 되어 주다, 결정적인 순간에 상대의 왕을 위협하는 전천후 수비수이자 공격수다. 그러므로 마는 항상 위험한 기물이다. 승부를 가르는 변수가 되기 때문이다. 나는 능이를 잘 모른다. 하지만 능이를 믿고 싶다.

마음을 읽어라, 마령. 상대방뿐 아니라 네 마음속을 들여다봐. 모든 수는 네가 갖고 있다. 너 자신을 믿어.

그날 엄마는 그렇게 말했다. 내가 다 이긴 판이었다. 승리를 확신하고 있을 때 엄마는 단숨에 내 왕을 죽여 버렸다.

하지만 이기고 싶다면 너를 포함한 누구도, 그리고 아무것도 믿지 마, 마령.

유독 화창한 날이었다. 이따금 새가 울고 장기판 위에 볕이 어룽거렸다. 창밖으로 하얀 사과꽃이 하늘하늘 떨어지고 소파 위에 마루가 낮잠을 자고 있었다.

이기기 위해 아무것도, 그 누구도 믿어선 안 된다면. 나는 이기고 싶지 않아, 엄마.

내 말에 엄마는 싱긋 웃었다. 그것이 엄마와 둔 마지막 장기였다.

세찬 바람이 불어왔다. 다시 눈발이 흩날리기 시작했다. 한기로 뼛속까지 얼어붙었다. 불에 탄 앙상한 나무가 하얗게 서리를 뒤집어썼다. 이미 세계가 끝나 버린 모습이다.

"이제 여기서 기다려."

앞서가던 능이가 우리를 돌아보며 말했다.

우리는 고개를 들어 하늘을 올려다보았다. 어둠의 구덩이에서 쏟아붓듯, 잿빛 진눈깨비가 휘몰아친다. 붉은 달이 검은 그림자에 먹히고 있었다. 월식이 시작됐다. 나는 외투 속에서 단검을 꺼내 손에 쥐었다.

높은 성

달이 완전히 사라졌다. 암흑이 세상을 덮어 버린다. 사방이 고요하다.

그리고 시작됐다. 능이가 말했던 뒤틀림. 보이지 않아도 느낄 수 있었다. 여기저기, 일그러지고 휘어지고 구부러졌다. 어둠 속에 그보다 더한 어둠이 어지러이 날아다녔다.

번쩍. 푸른 섬광이 빛났다. 명리가 부른 번개가 어두운 하늘을 갈랐다. 희끗희끗한 존재들이 언뜻 보였다. 명리가 파르스름한 빛 덩이를 토해 냈다. 푸른 빛 덩이는 그대로 하늘로 올라가 자리를 잡고 새로운 달이 되어 어둠을 비쳤다. 청룡은 바람을 일으키고 번개와 비를 불러 날씨를 다스린다고 들었다. 눈앞에서 보고도 믿어지지 않았다. 잿빛 대지 위에 내린 서리가 푸르스름하게 빛났다.

어두운 형체들이 우리를 향해 움직이고 있었다. 내 오른쪽, 이랑과 묘주 너머에서 덮쳐 온다. 묘주가 단숨에 놈을 눌러 숨통을 끊어 놓는다. 어느새 길게 자라난 묘주의 손톱이 서늘하게 번뜩인다. 또 한 놈이 명리의 뒤로 다가오지만 이랑이 먼저 움직였다. 처절한 비명이 울려 퍼진다. 지옥에서 올라온 듯한 오싹한 소리. 비명은 길지 않다.

사방에서 달려들었다. 지독한 악의로 가득한 놈들.

나는 정신없이 단검을 휘둘렀다. 아직 단검을 쓰는 데 익숙지 않다. 내 목을 향해 달려드는 놈. 단검이 빗나간다. 놈이 나를 덮친 순간 우드득 소리가 나며 놈의 목이 뒤로 꺾인다. 이랑이 분이 풀리지 않는다는 듯 놈의 숨통을 완전히 끊어 버린다. 그리고 푸른 달을 향해 길게 울부짖는다. 이랑이 커다란 늑대로 변했다.

쓰러뜨리고 쓰러진다. 끝없이 놈들이 달려들고 우리는 막아 낸다. 사방에 퍼지는 끔찍한 비명. 놈들이 갑자기 우-우-우 물러났다.

돌연 불길이 치솟아 우리를 에워싼다. 우리를 빙 둘러싼 불이 혀를 날름거리며 다가왔다. 유황 냄새가 자욱하고 머리와 팔다리가 무거워졌다. 눈이 감기고 다리에 힘이 풀렸다. 눈앞이 몽롱해졌다. 능이가 내게 뭐라 외치지만 들리지 않는다.

묘주가 맞불을 놨다.

불이 달려간다. 불과 불이 만나 거대한 불의 벽이 되어 타올랐다. 묘주의 아름다운 은빛 꼬리가 붉게 빛났다. 불과 불이 부딪쳐

일렁이고 흩날리며 하늘로 솟구쳐 올라 허공에서 화산처럼 폭발했다. 불씨가 분수처럼 쏟아졌다. 펑펑. 넋을 잃고 올려다보자 차가운 바늘이 뺨과 이마로 떨어졌다. 우박이었다.

주먹만 한 우박이 떨어지기 시작했다. 아무 데도 피할 곳은 없다. 묘주가 이번에도 불을 놓아 보지만 쏟아지는 우박에 이내 사그라지고 만다. 이제 우박은 거대한 바윗덩이가 되어 우리를 공격한다. 이랑이 이리저리 뛰며 머리 위로 떨어지는 우박을 깨부수지만 역부족이었다.

명리가 모습을 바꾼다. 푸르스름한 빛이 몸을 감싸며 서서히 부풀어 올랐다. 나는 고개를 쳐들고 명리를 올려다봤다. 그렇게까지 커질 줄 몰랐다.

하늘을 온통 가린 청룡의 몸에 푸른 비늘이 물결치듯 일렁이며 반짝거렸다. 거대한 푸른 해일이 우리를 감쌌다. 명리가 하늘을 향해 숨을 내뿜었다. 하얀 숨이 검은 공기 속으로 뿜어져 나가 거대한 바람을 일으켰다. 떨어지는 우박이 바람에 휩쓸려 우수수 날아갔다. 다시 고요해졌다.

하늘의 푸른 달이 갑자기 빛을 잃었다.

어둠 속 그르렁거리는 소리. 위이이, 멀리 황량한 벌판에서 불어오는 바람 소리. 우르릉 우르릉 땅이 진동하는 소리.

돌연 눈앞에 거대한 성이 생겨났다. 돌로 쌓은 튼튼한 성벽과 뾰족한 지붕. 기사가 왕을 지키는 영화에서 봤던 성과 닮았지만 어두운 달 위에 불시착한 우주선처럼 보이기도 했다. 검은 성벽은 살아 있는 듯 악의를 뿜어냈다. 어둠 속으로 그 살의와 적의가 생생하게 느껴져 소름이 돋았다. 올려다보니 까마득히 높은 종루에 희끗한 것이 나풀거렸다.

"저게 뭐지?"

눈을 가늘게 뜨고 집중해 보지만 내 눈은 어둠을 뚫지 못한다.

"드디어 항복하나 보군."

명리 말대로 휘날리는 백기처럼 보이기도 했다.

"아닌 것 같은데."

이랑이 어둠 속을 노려보며 말했다.

"사람이야. 밧줄로 묶어서 매달아 놨어."

이랑이 나를 돌아보며 말한다.

"여자애 같아."

이랑의 말을 듣자마자 눈에서 뜨거운 것이 걷잡을 수 없이 후드득 떨어졌다.

나는 정신없이 성을 향해 달렸다. 땅이 요동친다. 길이 뒤틀리고 일그러지고 흔들렸다. 롤러코스터를 타듯 올라갔다 내동댕이쳐지고 다시 올려졌다 내리꽂히기를 반복했다. 속이 울렁거리고 어지러웠다. 비틀거리면서도 달렸다. 하지만 뭔가 이상했다. 아무리 달려도 성은 가까워지지 않았다.

달릴수록 성은 더 멀어졌다. 영영 닿을 수 없는 신기루 같다. 눈앞이 부옇다. 한 걸음 디딜 때마다 주위에서 뭔가 사라져 갔다.

급습이다. 강력한 한방. 거센 충격에 나는 튕겨져 버린다. 온몸에 퍼지는 고통. 가까스로 일어나 다시 나아간다. 하지만 더 이상 갈 수 없다. 막혀 있다. 보이지 않는 벽이 가로막고 있다. 나는 뒤로 물러났다가 달렸다. 몸에 힘을 실어 그대로 벽을 향해 몸을 날렸다. 또다시 튕겨 난다. 다시 일어나 달려들었다. 또 튕겨 난다.

"마령, 물러서!"

청룡이 벽을 향해 거대한 꼬리를 날렸다. 명리의 푸른 꼬리가 벽에 부딪히는 순간 나는 눈을 감았다. 엄청난 빛이 폭발하듯 퍼졌다. 감은 눈꺼풀 위로 빛이 명멸했다.

사방이 고요했다. 고요를 넘어선 고요. 나는 살며시 눈을 떴다. 암흑. 어둠보다 짙은 어둠. 빛 한 점 없다. 오직 두터운 어둠뿐이다. 성은 보이지 않는다. 모든 소리와 빛이 어디론가 빨려 들어가 버린 것 같다. 아니, 세상 모든 것이 사라져 버린 것 같다.

명리야!

나는 소리 지른다. 하지만 내 목은 소리를 내지 못한다.

묘주야! 이랑! 능이!

아무 소용이 없다.

나는 소리 없는 암흑 속을 걷는다. 걷고 있다고 생각하지만 확신할 수 없다. 두렵다. 이곳엔 아무것도 없다. 텅 빈 우주 속에 나혼자 남겨진 것 같다. 아니다. 나 역시 산산이 흩어져 존재하지 않는 것 같다. 나는 울고 있다. 아니, 울지 못한다. 두려움이 나를 삼켜 버려서 나는 아무것도 할 수 없다. 무서워. 무서워. 나는 누군가에게 말하고 있지만 그게 누군지 모른다. 누군가 있었던 것 같다. 외롭고 두려울 때마다 곁에 있던 누군가. 하지만 이제 없다.

이곳에 온 걸 환영해.

누군가. 목소리가 들린다.

마음에 드나?

귀에 익은 목소리였다.

여기가 바로 세계의 끝이야. 그리고 너의 끝이지.

기억났다. 복도 끝 방에서 들려오던 목소리. 저주를 맹세하던 추악한 목소리.

이제 마지막이야. 너도, 이 세계도.

조롱하는 웃음소리. 익숙했다. 나는 이런 꿈을 밤마다 꾸었다.

"마령!"

누군가 나를 부른다. 누군가. 아니, 여럿이다.

마령, 주문을 거슬러라.

엄마?

아가, 우리는 늘 네 곁에 있다.

할머니!

언니, 괜찮아?

마루…….

흐느끼는 소리. 마루가 운다. 아니, 우는 건 나였다. 눈앞이 흐릿하게 일그러진다.

"마령!"

희미하게 보이기 시작한다. 나를 걱정하는 얼굴들. 나를 혼자 버려 두지 않는 내 친구들. 그들이 나를 꼭 붙들고 있다.

그 순간 땅이 솟구쳐 올랐다. 그 위로 무언가 떠오른다. 바다 위의 작은 섬처럼 공중으로 불쑥 솟은 땅. 한가운데 성이 내려다보고, 그 주위는 깎아지른 절벽이었다. 닿을 수 없이 아득한 곳. 그곳은 세계의 끝, 우주의 끝, 모든 것의 끝처럼 보였다.

그리고 소리가 들려왔다. 말발굽 소리와 전차 소리. 돌진하는 병사들의 함성과 울부짖는 코끼리 소리. 귀를 찢는 포성이 울린다. 놈이 무엇을 하려는지 알았다. 우리가 가장 좋아하던 것을 이용해 우리를 끝장내려 한다.

나는 단검을 고쳐 잡았다. 명리와 묘주, 이랑과 능이가 내 옆에 섰다. 나는 더 이상 혼자가 아니다. 우리는 나란히 서서 한 발 한 발 나아간다.

절벽을 타고 놈들이 새까맣게 몰려 내려왔다. 귀가 먹먹해지는 포성에 이어 하늘 가득 포탄이 쏟아졌다. 명리가 바람을 일으켜 포탄의 방향을 바꾼다. 적의 군사와 입에서 검은 숨을 토해 내는 말들이 달려온다. 묘주가 불을 놓아 길을 막는다. 거대한 무쇠 상자를 실은 전차가 불길을 뚫고 쏜살같이 진격해 온다. 지옥에서 올라온 듯한 울부짖음과 음산한 웃음소리. 포탄이 떨어지고 화염과 연기가 솟아오른다. 전차에 실린 상자에서 군사들이 밀려 나온다. 이랑이 기다렸다는 듯, 놈들 속으로 달려간다. 나는 정신없이 단검을 휘두른다.

땀이 비 오듯 흘러내린다. 어쩌면 땀이 아닌지도 모른다. 아무런 감각도 없다. 달려드는 적을 향해 단검을 휘두를 뿐. 다리가 휘청거린다. 몸이 떨린다. 아니다. 쿠우우웅 쿵. 땅이 흔들리고 있다.

거대한 코끼리 떼가 울부짖으며 달려왔다. 수십 마리, 아니 수백 마리 코끼리가 미쳐 날뛴다. 무시무시한 상아를 앞세우고 눈을 희번덕거리는 모습은 악마 그 자체였다.

"묘주야!"

명리가 소리쳤다.

묘주의 불기둥이 달려간다. 명리가 바람을 일으켜 불길을 냈다. 거대한 불 속에서 코끼리 떼가 소름 끼치는 소리를 내며 미친 듯이 몸부림쳤다. 잠시 뒤 온몸에 불이 붙은 채로 코끼리 떼가 달려왔다. 사방이 불바다였다.

화염 속에서 거대한 날개를 펼치고 청룡이 날아올랐다. 청룡이 비를 부르고 거센 바람을 일으켰다. 자욱하게 퍼지는 수증기와 연기. 한 치 앞도 보이지 않는다. 벼락처럼 귀를 때리는 포성. 쿠웅. 바닥을 울리는 소리가 났다.

연기가 걷혔다. 바닥에 쓰러진 명리가 보였다. 묘주가 달려가 명리를 안았다. 푸른 피를 쿨렁쿨렁 토해 낸 명리가 꼼짝도 하지 않았다. 묘주의 눈에서 눈물이 흘렀다. 코끼리 떼는 신이 난 듯 발광한다.

묘주가 놈들을 향해 달려갔다. 묘주의 눈이 활활 타올랐다. 끝도 없이 길게 자라난 손톱이 놈들의 배를 갈가리 찢어 버렸다. 날카로운 상아에 맞서 나는 단검을 휘둘렀다. 상아가 내 몸에 박히려는 순간 묘주가 달려와 코끼리 목에 매달린다. 코끼리가 미친 듯이 날뛰고 묘주는 필사적으로 버텨 낸다. 묘주의 몸이 허공으로 솟아올랐다 툭 떨어졌다. 상아가 묘주의 몸통을 뚫는다. 검붉은 피가 분수처럼 쏟아져 나왔다.

"묘주야!"

나는 묘주를 향해 정신없이 달려갔다. 단검의 칼날은 무쇠 같은 가죽을 스쳐 지날 뿐이다. 급소를 노려야 한다. 만약 놈에게 급소가 있다면.

나는 묘주의 몸을 짓이기고 있는 놈의 눈을 겨누어 단검을 박았다. 놈이 발광하며 끔찍한 소리를 내질렀다. 그것이 신호라도 되듯, 코끼리 떼가 일제히 몰려들었다. 순식간에 코끼리 떼가 나를 에워싼다. 이랑이 놈들을 뚫고 달려온다. 이랑의 거센 턱이 놈들의 멱을 따고 숨통을 끊는다. 한 놈, 한 놈, 거대한 몸뚱이가 무너져 앉는다. 하지만 놈들은 너무 많다. 놈들의 발아래 이랑이 나뒹군다.

참을 새도 없이 눈물이 쏟아진다. 나는 면상 포진으로 이겨 본 적이 한 번도 없다. 적의 다음 수는 무엇인가. 그다음 나는 어떤 수로 맞설 것인가. 소용없다. 날카로운 상아가 나를 겨누고 달려온다. 더는 수가 없다. 이게 마지막일 것이다.

그때 땅이 갈라졌다. 거미줄처럼 죽죽 뻗은 금이 삽시간에 벌어졌다.

틈이 넓게 입을 벌리고 놈들의 흉측한 몸뚱이를 빨아들였다. 거대한 빙하 사이 크레바스처럼 그 아래를 짐작할 수 없는 아득한 구멍 속으로 죽는 날까지 잊지 못할 소름 끼치는 소리가 울려 퍼졌다.

내 발밑에서도 땅이 갈라지기 시작한다. 도망치지만 얼마 가지 못한다. 빠진다. 빨려든다. 무서운 속도로 떨어진다. 그때 무언가 나를 단단히 붙잡는다. 거대한 존재가 나를 구한다.

싱그러운 냄새가 가득 풍겼다. 부드러운 바람이 뺨을 어루만진다. 진녹색 잎이 무성한 아름드리나무가 나를 받치고 있다. 나무는 어둠을 디디고 단숨에 땅 위로 솟아오른다. 한없이 울창한 그늘을 드리우고 억센 뿌리를 뻗어 갈라진 땅을 메웠다. 검은 구멍은 놈들과 함께 흔적도 없이 사라져 버렸다. 내가 줄기를 타고 내려오는 동안 푸른 잎이 상냥하게 일렁였다. 내 발이 땅에 닿자 거대한 나무는 능이로 돌아왔다.

"시간이 없어, 마령."

능이가 성을 향해 쏜살같이 달리고 나는 그 뒤를 다급하게 쫓았다. 성이 무너지고 있었다.

"마루야!"

내 목소리가 어둠 속에 흩어졌다.

무너지는 성벽 사이로 무언가 튀어나와 나를 덮쳤다. 바닥에 쓰러진 채로 단검을 휘둘렀지만 불에 타는 듯한 고통이 내 오른팔을 휩쓸어 단검을 툭 떨어뜨렸다. 놈이 내 몸을 짓누르고 목을 조르며 속삭였다.

제법 재미있었어. 하지만 넌 진짜 쓸모없고 귀찮아. 이제 정말 끝이야.

나는 몸부림쳤다. 하지만 잠시뿐이었다. 나는 놈의 상대가 되지 못한다. 나는 내가 아는 마법을 쓴다. 내가 엄마에게 완벽하게 전수받은 유일한 마법. 나는 주문을 외어 결계를 친다. 하지만 아무런 소용이 없다. 놈은 낄낄거리며 내 눈을 파내려 한다. 나는 눈을 감지 않는다. 내가 두려워 벌벌 떠는 게 바로 놈이 원하는 것임을 알기 때문이다. 그때 어둠 속에서 튀어나온 손이 나를 잡아챈다. 어둠과 구분되지 않는 누군가가 나를 안고 밤하늘을 건넌다.

나는 무사히 능이 곁으로 돌아왔다. 그리고 이제 위다솔 선생은 어둠 속에서 정체를 드러낸다. 내가 아는 어떤 이종의 모습과도 달랐다. 하얗게 센 머리와 영민한 눈동자. 그는 마녀였다. 무자비하고 노련한 마녀. 그가 양팔을 들어 올려 길고 끝없는 밤과 같은 망토를 펼쳤다.

검은 망토가 놈을 덮쳤다. 마녀가 주문을 외기 시작했다. 마녀의 주문은 점점 더 소리가 커졌다. 마녀는 망토 속의 꿈틀대는 것과 사투를 벌였다. 마녀의 얼굴은 고통으로 일그러지고 주위의 모든 것이 뒤틀렸다. 이지러지고 갈라지고 뒤집혔다. 하늘과 땅이 요동하고 거센 바람이 휘몰아쳐 거대한 소용돌이를 일으켰다. 소용돌이 한가운데서 비통한 비명이 울리고 마녀가 쓰러졌다. 망토에서 어두운 그림자가 뛰쳐나와 하늘로 날아갔다. 검푸른 허공에 조롱하는 웃음소리가 가득 울려 퍼졌다. 이내 웃음소리는 어두운 장막을 자르고 암흑 너머로 사라졌다.

붉은 달은 피를 뚝뚝 흘렸다. 차츰 색을 잃은 달이 창백하게 빛났다. 성은 보이지 않았다.

마루는 사라지고 없었다.

미로

　황량한 벌판 위로 매서운 바람이 불었다. 차디찬 땅바닥에 내 전우들이 쓰러져 있다. 명리가 쏟은 피로 주위가 온통 검게 물들었다. 나는 차갑게 굳은 명리를 안고 입과 콧속으로 숨을 불어 넣으며 귓가에 끊임없이 속삭인다. 돌아오라고. 눈을 뜨라고. 그게 내가 할 수 있는 전부였다.

　마녀가 다가와 명리를 살펴본 뒤 품에서 작은 병을 꺼냈다. 병을 기울여 명리의 입 안에 물약을 몇 방울 떨어뜨렸다. 상처에도 물약을 떨어뜨린 뒤 마녀는 주문을 외웠다. 익숙한 장면이었다. 어린 내가 아프거나 다쳤을 때 할머니가 내게 해 주던 치료법이었다. 서서히 명리의 상처가 아물고 부서진 뼈가 붙기 시작했다. 얼굴에 혈색이 돌며 명리가 숨을 토해 냈다. 살았다. 살아났다. 나는 명리의 목을 안았다. 아직 움직일 수 있는 왼쪽 팔로. 내 오른팔은 이상한 각도로 꺾여 덜렁거렸다.

"애들은?"

명리가 눈을 뜨자마자 물었다.

이랑은 겨우 숨이 붙어 있었다. 온몸이 찔리고 베여 바스러진 뼈가 드러났다. 마녀가 이랑의 몸에 손을 얹고 주문을 외우자 차츰 상처가 아물고 흔적도 없이 사라졌다. 마녀는 내 오른쪽 팔에도 손을 얹고 주문을 외우기 시작했다. 따스한 기운이 팔을 타고 들어와 혈관을 돌았다. 잠시 뒤 내 오른팔도 멀쩡해졌다.

묘주는 참혹했다. 갈가리 찢기고 짓밟혀 알아볼 수 없을 정도였다. 마녀가 묘주의 입속에 물약을 따라 넣고 주문을 외웠다. 마녀는 차갑게 굳은 묘주의 심장에 남은 물약을 쏟아붓고 계속 주문을 외웠다. 하지만 묘주는 꿈쩍도 하지 않았다. 마녀의 이마에 땀이 맺히고 그의 주름살은 갑자기 더욱 깊어진 것 같았다. 한참 뒤 마녀는 고개를 저었다. 명리가 묘주를 안고 울부짖었다.

능이가 묘주 곁에 앉아 묘주의 손을 잡았다. 능이의 몸이 희미하게 밝아졌다. 어렴풋한 빛이 묘주의 손으로 전해져 묘주의 온몸으로 퍼졌다. 하지만 묘주는 여전히 차갑고 창백했다. 능이의 모습이 조금씩 변했다. 팔과 다리가 자라나 사방으로 뻗어 나가고 초록색으로 뒤덮여 더 이상 능이의 모습은 찾아볼 수 없었다.

우리는 어느새 울창한 숲에 둘러싸여 있었다. 축축한 흙과 이끼, 풀과 덤불과 꽃 무리와 초록빛이 뿜어내는 신선하고 따스한 공기가 우리를 감쌌다. 무성한 나뭇잎 사이, 묘주는 작은 새처럼 웅크려 누워 있었다. 진녹색 잎이 달빛에 조용히 반짝였다. 시간이 오래 흘렀다. 우리는 숨죽여 지켜보았다. 점점 달이 밝아졌다. 월식이 완전히 끝났을 때 능이는 제 모습으로 돌아왔다. 능이의 머리는 완전히 하얗게 변해 있었다. 묘주의 눈이 살며시 열렸다.

"난 괜찮아."

능이는 마녀의 도움을 거절했다.

"그래, 넌 스스로 회복하겠지. 시간이 걸리겠지만."

마녀가 능이의 하얗게 센 머리를 보며 말했다.

"마루는?"

완전히 기운을 차린 묘주가 내게 물었다.

"사라졌어."

"저쪽 세계는?"

나는 고개를 저었다.

"어떻게 됐어? 마루는 아직 무사해?"

능이는 이랑의 질문을 듣지 못한 것처럼 멍한 표정이었다. 나는 그것만이라도 알고 싶다. 하지만 능이의 입에서 나올 대답이 두렵다.

"다른 방법은? 다시 시간이 뒤틀리길 기다려야 해?"

명리가 물었지만 이번에도 능이는 묵묵부답이었다.

다음 개기 월식은 반년 후다. 반년을 더 기다리라고 하면 나는 기다릴 수 있다. 그때까지 마루가 무사하기만 하다면 말이다. 다시 반년을 더 기다리라면…… 모르겠다. 그때까지 나는 살아 있을 것 같지 않다.

"내가 잘못 생각한 것 같아."

마침내 능이가 입을 열었다. 능이의 얼굴은 자책으로 가득했다. 우리는 침묵했다. 능이의 판단이 틀렸지만 그것이 능이의 잘못은 아니었다.

"그래도 제법인데. 생각보다 잘 버텼어. 순식간에 끝날 줄 알았는데."

망토를 툭툭 털며 마녀가 말했다. 칭찬하는 투는 아니었다.

"실망이 크겠네."

명리 말에 마녀가 쯧쯧 혀를 찼다.

"넌 은혜란 걸 모르는구나. 기껏 살려 놨더니."

"뭘 바라고 도왔다면 도운 게 아니지."

묘주가 쏘아붙였다.

"하여간 이종들이란."

명리가 잡아먹을 듯이 마녀를 노려보았다.

"할머니 친구인가요?"

나는 마녀에게 물었다.

"그렇다고 할 수도 있지. 우린 한때 함께 싸웠으니까. 너희처럼. 비록 내 뜻과는 달랐지만. 내 말대로 그때 달아 버렸으면 이런 고

생은 없었을 텐데."

할머니를 공격했던 마녀일 수도 있다. 하지만 이유가 뭔지는 몰라도 일단은 우리를 도와 싸웠다.

"입구가 없었어."

능이가 말했다. 그랬다. 도저히 들어갈 수 없었다.

"하지만 분명 입구가 있어야 해. 그렇다면 입구는 다른 곳에 있다는 얘기지."

"어디에?"

능이 말에 나는 가까스로 울음을 삼키며 물었다. 능이는 대답하지 못했다. 모두 침통한 표정으로 침묵했다.

골똘히 생각에 잠겨 있던 묘주가 입을 열었다.

"시간에 의해 공간이 뒤틀렸다면 그 반대의 경우도 가능하지."

반대의 경우라면 공간에 의해 시간이 뒤틀리는 곳?

뭔가 떠올랐다. 확신할 수 없다. 하지만 그 외 다른 가능성은 없다는 생각이 들었다.

"집으로 돌아가야겠어."

아이들이 나를 바라봤다. 나는 이유를 말하지 않았다. 집으로 돌아가는 데는 원래 이유가 없다.

"날 좀 도와주세요."

내가 마녀를 향해 말하자 마녀는 어디 들어나 보자 하는 표정을 지었다.

마지막 방

우리는 집으로 돌아왔다. 마녀는 끝없이 길고 어두운 망토를 펼쳐 우리를 감싸 단숨에 밤하늘을 건너왔다. 그게 어떻게 가능한지는 모른다. 하지만 나는 할 수 있을 거라고 생각했다. 그가 마녀이기 때문이다.

창가에 앉아 있던 만옥이가 내게 달려와 안겼다. 호박색 눈에는 슬픔과 안도와 걱정과 염려, 온갖 감정이 담겨 있다. 나는 만옥이를 품에 안고 쓰다듬었다. 언제나 그랬듯이 부드럽고 따뜻했다.

창으로 흘러든 달빛이 집 안을 고요히 비추었다. 나는 양초에 불을 밝혔다. 그리고 아주 오랜 습관대로 집 안을 한번 둘러봤다. 긴 복도, 닫힌 방문, 가운데가 푹 꺼진 낡은 소파, 벽에 걸린 오래된 시계, 천장의 거미줄.

함께 전투를 치른 전우들의 그림자가 벽에 드리워졌다. 촛불과 달빛이 만든 겹겹의 그림자는 수많은 병사처럼 보였다.

"이제부터는 나 혼자 갈게."

"어디로?"

"마루를 구하러."

"너 혼자?"

명리의 눈이 크게 열렸다. 모두의 얼굴에 같은 표정이 떠올랐다. 놀라움, 그리고 걱정과 염려.

"나 혼자 해야 할 일이기 때문이야."

아이들은 여전히 미심쩍은 얼굴이다. 나와 눈이 마주친 마녀의 얼굴에 의미심장한 표정이 떠올랐다. 내 착각일 수도 있다.

"우리는?"

"너희는 여기에서 기다려 줘."

"그리고?"

나는 내가 아는 오직 한 가지를 말했다.

"그다음은 몰라."

근심 어린 눈을 뒤로하고 나는 계단을 하나하나 올랐다. 내 전우들을 남겨 두고 적과 독대한다. 놈이 그것을 바라고 있다. 분명하다. 나도 그것을 원한다. 놈과 정면으로 맞부딪쳐야 한다. 그래야만 한다.

길게 난 복도를 걸었다. 발소리는 거의 나지 않았지만 내 심장은 쿵쿵 소리를 냈다. 나는 단검을 손에 꼭 쥐었다. 그리고 복도 안쪽, 맨 끝 방 앞에 서서 문을 열었다.

"기다리고 있었어."

어둠 속에서 목소리가 들려왔다.

포진

묘주의 말이 맞았다. 시간에 의해 공간이 뒤틀렸다면 그 반대의 경우도 가능하다. 그리고 두 가지가 함께 일어나는 경우도 가능하다. 그것은 수 세기 동안, 아니 이 세계가 생겨나기 전부터 내외가 여자들이 살아온 방식이었다.

이 집은 시간과 공간이 모두 뒤틀린 곳이다. 방이 사라졌다 새로 생기는 이유가 그 때문이었다. 방들은 다른 공간 혹은 다른 시간으로 사라지거나 그곳에서 왔다. 놈들은 방에서 탈출했지만 탈출한 적 없었다. 방이 바로 저쪽 세계와 연결된 통로였다.

수수께끼를 풀었다. 미로 속의 쥐처럼 오랫동안 헤맨 뒤였다. 왜 이런 수수께끼를 냈는지는 모르지만 내게 주어진 것이었음은 분명했다.

드디어 나는 놈과 마주했다.

"딱 맞춰 왔네."

눈 감고도 맞힐 수 있는 목소리. 죽어도 잊을 수 없는 얼굴. 마루가 나를 향해 미소 지었다.

"뭐 좀 물어봐도 돼?"

"내가 대답할 수 있는 거라면."

"천장의 거미줄, 거기 사는 거미가 할머니지?"

"그래, 맞아."

"할머니는 왜 엄마를 고양이로 만들었어?"

"할머니가 그런 게 아니야."

"그럼 왜 할머니는 아빠를 개로 만들었어?"

"그렇지 않아. 그렇게 보였을 뿐이야."

"할머니 말을 어떻게 믿어?"

"왜 믿지 않아야 하지?"

"할머니는 내게 소중한 것들을 다 빼앗아 갔어. 엄마도, 아빠도, 그리고 이제 언니까지."

"난 무사해."

"왜 언니를 그런 위험에 몰아넣었어? 할머니는 뭘 했지? 세계가 닫히는 게 그렇게 위험하고 막아야 하는 일이라면 왜 할머니는 구경만 하고 있어?"

그건 나도 답할 수 없다.

"언니."

그리웠던 단어가 내 귀를 부드럽게 파고든다.

"언니는 마녀가 되고 싶어?"

"나는 마녀로 태어났어."

"나는 기억하고 있어. 엄마는 내 귀에 많은 것들을 속삭였어. 이 집 밖의 세상에 대해서. 빛이 넘치는 땅과 끝없이 펼쳐진 바다, 기차가 달리는 너른 대륙, 대륙과 대륙 사이를 건너는 배와 비행기, 친구들과 학교와 책, 맛있는 음식과 아름다운 풍경들. 그게 엄마의 가슴속에 있는 세계였어. 엄마는 마녀였지만 마녀로 사는 것을 좋아하지 않았어. 엄마는 평범한 인간으로 살고 싶었던 거야. 엄마에게도 꿈이 있었어. 마녀로 사는 건 엄마가 선택하지 않은 인생이었어. 엄마는 그럴 수 없었지만 딸들은 원하는 삶을 선택해서 살길 바랐어. 언니, 언니는 정말 마녀가 되고 싶어?"

나는 대답하지 못한다.

"언니는 희생된 거야. 모르겠어?"

마루가 내 눈을 물끄러미 들여다봤다.

"언니의 세계는 닫혔어."

나는 서글퍼졌다. 슬픔이 가득 차 심장을 눌렀다. 놈은 너무 많은 것을 알고 있었다.

"다음엔 내가 모르는 정보도 좀 주도록 해. 어차피 다음은 없겠지만."

마루가 안타까운 표정으로 고개를 저었다.

"언니는 완전히 속고 있어."

"시도는 좋았어. 하마터면 속을 뻔했어."

나는 단검으로 놈의 심장을 겨눴다. 만약 놈에게 심장이 있다면 말이다.

"그러지 마. 후회하게 될 거야."

"그런 일은 없어."

"나를 죽일 셈이야, 언니?"

마루는 금방이라도 눈물을 떨어뜨릴 것 같은 얼굴로 나를 바라보았다. 손이 떨렸다. 하지만 나는 이를 악물었다. 상대는 마루의 모습을 한 놈이었다.

놈에게 달려들어 단검을 꽂았다. 비통한 비명이 울려 퍼졌다. 하지만 비명은 이내 낄낄거리는 웃음소리로 변했다. 단검이 빗나갔다. 나는 차마 마루의 심장에 칼을 꽂을 수 없었다. 그게 마루의 모습을 한 놈이라고 해도. 도저히 나는 할 수 없다.

사악한 웃음소리가 조롱하듯 벽에 부딪혀 돌아와 내 귀를 핥는다. 나는 놈이 바라던 대로 후회하고, 절망에 무릎 꿇는다.

기다렸다는 듯이 놈들이 사방에서 튀어나왔다. 헤아릴 수 없는 시간 동안 방 안에 갇혀 있던 놈들. 내 외가의 여자들이 목숨을 걸고 가두었던 포악하고 흉측한 놈들. 놈들이 제 세상인 양 미친 듯이 방 안을 휩쓸고 다녔다.

"세계가 닫힌다. 이제 새 세상이 열린다."

마루가 선언하듯 말하자 환호성이 일어났다. 요란하게 바닥을 구르고 괴성을 질러 댔다. 놈들이 기쁨에 넘쳐 발광하다가 구역 질 나는 손을 나에게 뻗쳤다.

"아직은 아니야. 그리고 너는 마루가 아니야."

나는 마루의 심장에 단검을 깊숙이 박았다. 칼자루에 박힌 진녹색 유리에 희미한 빛이 어리더니 눈부신 광채가 폭발하듯 쏟아졌다. 끔찍한 비명. 비명은 그리 길지 않았다. 마루의 모습을 한 놈이 쓰러졌다. 놈의 형체가 흐물거리더니 녹색 불꽃으로 일렁이다 이내 재로 변해 버렸다.

남은 놈들이 부리나케 방을 빠져나가기 시작했다. 하지만 멀리 도망가지는 못했다. 문밖에 나의 전우들이 진을 치고 기다리고 있었다. 놈들은 나가는 족족 잡혀 방 안에 갇혔다.

나는 단검을 주워 들었다. 재를 털고 단검을 칼집에 넣었다. 작은 소용돌이가 일어 바닥을 쓸며 재를 몰고 가 버렸다. 아무 흔적도 없었다. 바닥에 마루가 누워 있었다. 내 동생, 마루.

나는 마루를 부축해 방을 나왔다. 문 앞에서 전우들이 나를 기다리고 있었다. 나는 명리에게 마루를 맡겼다. 잠시 처리해야 할 일이 있기 때문이다.

닫힌 문 앞에서 나는 결계를 쳤다. 오랜만이었지만 나는 꽤 잘했다. 오랫동안 몸에 익은 습관이기 때문이다. 습관이 됐다고 좋다는 건 아니다. 그저 나는 해야만 하는 일을 한다.

만옥이가 달려와, 단숨에 명리의 몸을 타고 올라 마루의 얼굴에 뺨을 비볐다. 마루가 눈을 뜨고 만옥이를 끌어안았다. 이제 만옥이는 나를 향해 잔소리를 시작했다. 귀에서 피가 날 지경이었다.

나는 네 명의 아이들과 마녀를 차례차례 바라보았다. 막 한바탕 전투를 치르고 난 뒤라 상기되어 있었다. 나는 말했다.

"고마워."

"뭐, 이런 걸로."

명리가 이마의 땀을 쓱 닦으며 말했다. 나는 친구들을 향해 웃었다. 오랜만에 웃어서인지 좀 어색했다.

선택

12시가 되자 뻐꾸기가 나와 울었다. 열두 번째 뻐꾹 소리가 그 치자 소파에 할머니가 앉아 있었다.

"좋아 보이시네요."

"나쁘진 않다."

"마루를 구했어요."

"그래, 그럴 줄 알았다."

"친구분이 도와주셨어요. 친구가 아닐지도 모르지만."

"그는 훌륭한 마녀야. 끔찍이도 오래 살았지. 당연히 끔찍한 일도 많이 저질렀고. 하지만 너도 조금은 알겠지만 인간이란 존재는 평생 빛과 어둠을 들락거리며 살지. 마녀도 예외는 아니야."

"그분이 할머니를 공격했나요?"

"우린 한편이 되어 함께 싸웠다. 그것으로 충분해."

"궁금한 게 있어요."

"각오는 돼 있다."

"이 전쟁이 제 수련 과정이었나요?"

"수련은 마녀가 죽을 때까지 계속되지."

"너무 혹독한 시험이었다고 생각하지 않으세요?"

"미리 겪어 두면 다음부터는 수월해지는 법이지. 좀 미안한 생각은 든다."

"사과하셔도 돼요"

"미안하다, 마령. 그렇지만 넌 정말 잘 해냈어."

"사과를 받아들이죠. 칭찬도요."

할머니의 입꼬리가 살며시 올라갔다.

"이제 세상은 안전한가요?"

"당분간은. 안전이란 장담할 수 없지."

"당분간이라면 내가 매일 놈들을 감시하고 결계를 치는 동안 말인가요?"

"그래. 그동안은 안전하겠지."

"놈들이 또 결계를 풀고 세계를 닫으려 하면요?"

"네가 다시 놈들을 막겠지."

"하지 않겠다면요?"

"그건 네 선택에 달렸지."

"내게 선택할 기회가 있나요?"

"넌 언제나 선택할 수 있어."

"마녀로 살지 않는 것도 선택할 수 있나요?"

"그걸 바라니?"

"잘 모르겠어요."

마루와 만옥이를 돌보고 운전면허를 따서 자동차를 사는 것 외에는 바라는 것도 계획도 없다. 이 계획이 내 선택인지도 잘 모르겠다.

"선택지가 하나 더 있다고 생각하는 건 어떠니? 넌 인간으로도 살 수 있고 마녀로도 살 수 있어. 마녀로 사는 건 큰 낙은 없지만 소소한 재미 정도는 있지. 아마 인간의 삶도 마찬가지겠지. 난 그쪽은 살아 보지 않아서 잘 모르겠지만. 별로 대단치 않아 보이긴 하더라."

"좋아요. 한번 생각해 볼게요."

"그래, 너도 잘 알듯이 네 인생이니까."

"엄마에게도 그렇게 말씀하셨으면 좋았을 텐데요."

할머니의 입이 일자로 꾹 닫혔다. 뭔가 하고 싶은 말이 있는데 참거나, 꺼내기 힘든 말을 하기 전의 표정이었다. 나는 잠자코 할머니의 얼굴을 바라보았다. 할머니는 그대로인 것 같다. 고집스러운 입과 눈매. 나는 한 가지 사실을 깨닫는다. 엄마는 할머니를 닮았다. 나를 바라보는 눈빛은 완벽하게 똑같았다. 사랑과 염려가 가득 담긴 눈.

할머니가 드디어 입을 열었다.

"나는…… 그렇게 말했다. 네 엄마에게도. 네 엄마는 마녀로 사는 것을 선택했어. 이유는 듣지 못했다. 하지만 짐작은 간다."

"왜 그랬을까요?"

"네 엄마의 부모가 놈들에게 죽임 당했다는 사실을 알게 되었거든. 내가 알려 준 건 아니었다. 아이란 어떻게 해서든지 자신의 부모에 대해 알려고 하지. 너도 그랬듯이. 네 엄마의 부모, 그러니까 네 친조부모는 평범한 인간이었다. 간혹 아둔하고 나쁜 생각을 품기도 하지만 이내 반성하고, 종종 의심하긴 했지만 신을 섬겼던, 대체로 선량하고 성실하게 사는 사람들이었다. 놈들에게 처참히 죽임 당하면서도 아이만은 한사코 내어 주지 않은 훌륭한 부모였어. 그들이 죽은 데에는 아무런 이유도 없었어. 그저 놈들의 장난이었지. 누구라도 상관없었는데 우연히 그들이었던 거야. 허망한 죽음이었지. 대부분의 죽음이 그렇지만."

"그래서 엄마는 놈들에게 복수하려 했나요?"

"그런 마음이 없지 않았겠지. 하지만 네 엄마가 마녀로 살겠다고 결심한 데는 더 큰 이유가 있었을 거다."

"그게 뭔데요?"

"너와 마루를 위해 힘 하나 정도는 갖고 싶었을 거야. 마법이라는 힘."

"하지만 우리 때문에 엄마는 힘을 잃었잖아요."

"아니, 네 엄마는 누구보다 더 큰 힘을 갖고 있어."

할머니는 나를 잠시 바라보다 말했다.

"너와 마루. 다름 아닌 마녀의 딸."

우리는 잠시 침묵하며 각자의 생각에 잠겼다. 하지만 같은 생각을 하고 있었을 것이다. 우리의 세계에 대해.

"다시 돌아오실 생각 없으세요?"

"언젠가는."

"파리 먹는 게 지겨워지면 언제라도 돌아오세요."

할머니는 웃으며 작아지기 시작했다. 그리고 다시 거미로 변해 천장의 거미줄로 되돌아갔다. 뻐꾸기가 한 번 울었다.

미래

분홍색 케이크 모양의 건물은 시커멓게 그을렸다. 분홍색을 더 이상 볼 수 없었지만 건물 내부는 그런대로 무사했다. 빈 침대가 많았지만 살아남은 사람들이 있었다. 요양 보호사 이 선생님은 변함없이 출근해 입소자들을 보살피고 있었다. 그는 눈물을 글썽일 정도로 나를 반겼다.

윤금주 씨도 무사했다. 그러리라 생각했다. 쿠키는 없지만 차와 장기판이 탁자 위에 놓여 있었다. 책상 위 모형도 그대로였다. 손톱만 한 집과 가게, 교실이 줄지은 3층 건물, 운동장을 둘러싼 나무들. 나는 모형을 손가락으로 가만히 쓸어 보았다. 과거가 된 모형은 이제 미래의 청사진으로 삼아야 할 것이다.

우리는 장기를 두는 대신 밖으로 산책을 나갔다. 윤금주 씨와 산책하는 건 처음이었다.

"구석에 작은 묘목이 하나 있죠?"

윤금주 씨의 장미는 거의 말라 죽었지만 이따금 초록 잎이 눈에 띄었다. 용케 살아남은 나무는 잎을 하늘로 벌린 채 땅속에서 힘껏 물을 빨아들이고 있었다.

나는 잠시 살피다 윤금주 씨가 말한 묘목을 발견했다.

"엊그제 심었어요. 새로운 품종이에요. 활짝 피면 소용돌이무늬가 나타난대요. 꽃은 오십 년 후에 핀다고 하더군요."

"머지않아 보시겠네요."

"그래요. 오십 년을 견뎌 볼 이유가 생겼어요. 좀 지루하긴 하겠지만."

"장미 이름은 뭐예요?"

"아직 없어요. 좋은 이름이 있을까요?"

"……금주는 어떨까요?"

"나쁘지 않네요. 고상한 게. 그래도 좀 더 특별한 이름은 어떨까 싶어요."

"마음에 둔 이름이 있으세요?"

"마령이라는 이름도 괜찮을 것 같지 않아요?"

"조금 더 생각하셔도 될 것 같습니다. 오십 년 정도 시간이 있으니까요."

"그럴까요."

윤금주 씨의 목소리는 힘이 있으면서도 부드러워 마치 불어오는 바람을 거슬러 날개를 펼치고 날아오르는 하얗고 목이 긴 새 같다.

그가 형형한 눈빛을 감추고 이곳에 은둔한 이유를 나는 알지 못한다. 이곳이 무사할 수 있었던 것이 그와 상관있다는 것만 짐작한다. 이곳은 힘없고 약한 이들과 장미와 장미 넝쿨 사이를 걸으며 향기를 맡아 보는 고양이, 그 고양이에게 밥을 덜어 주는 상냥한 사람들이 있는 장소이며, 그는 이 세계를 지키고 싶어 했다. 그게 내가 아는 전부다.

"악수를 한번 해도 될까요."

서늘한 새의 뼈 같은 손이 허공으로 뻗어 오고 나는 그 손을 잡았다. 그리고 대마녀를 향해 깊숙이 고개를 숙였다.

요양원을 나오며 마지막으로 건물을 돌아보았다. 거뭇한 건물에 초록색 글자가 희미하게 남아 있었다. 미래가 거의 없다고 생각했던 곳에서 나는 작은 미래를 본다.

나는 새로 일을 구했다. 주말에 명리네 가게 일을 돕게 됐다. 명리 말로는 일이 아주 수월하다고 했다. 나는 그 말을 별로 믿지 않는다. 청룡은 틀린 말은 하지 않지만 다소 과장이 심한 편이다.

마령의 세계

문을 열자 모여 앉아 있던 네 사람이 나를 향해 고개를 돌렸다. 어이, 마령. 오늘은 좀 늦었네, 하는 눈빛이다.

"마루랑 어디 좀 들렀다 오느라."

넷의 고개는 이미 원래 위치로 돌아갔다.

학교는 임시 휴교 상태다. 학교 건물이 복구될 때까지다. 네 사람은 매일 우리 집으로 모였다. 모여서 당연히 장기를 둔다.

당분간 장기 동아리 담당 교사 자리는 공석이다. 위다솔 선생님은 떠났다. 장기 동아리 회원들은 담당 교사 없이도 잘해 나갈 것이다. 화학 시간이라면 조금 아쉽다. 그는 열정적이고 성실한 화학 교사였다.

언젠가 위다솔 선생님을 다시 만나게 될지도 모른다. 다음에는 어떤 모습으로 나타날지 모르지만 한동안은 만나지 않길 빈다.

그를 다시 만난다는 건 또 선택의 순간이 왔다는 의미일 테니까. 전투는 치를 만큼 충분히 치렀다.

마루가 만옥이를 안고 소파에 앉아 장기판을 굽어봤다. 마루는 요즘 내게 장기를 배우고 있다. 마루의 백전백패다. 나는 마루를 봐주지 않는다. 마루가 장기판을 뒤집거나 말을 던지는 일은 지금까지 없었다. 마루의 성품으로 미루어 보건대, 앞으로도 그런 일은 일어나지 않을 것 같다. 마루의 실력은 일취월장하고 있고 언젠가는 나를 따라잡을 것이다. 나는 기쁘게 그날을 기다린다.

묘주와 능이의 대결이다. 지켜보는 명리와 이랑의 얼굴이 붉으락푸르락했다. 묘주는 신중하고 능이는 느긋했다. 이랑과 명리는 답답해서 죽겠다는 표정이다.

느린 가운데 승부는 팽팽했다. 서로 한 치의 실수도 보이지 않았다. 묘주가 붉은색, 능이가 푸른색 말을 쥐고 있다. 붉은색 상이 푸른색 졸을 쳤다. 푸른색 군대의 진형이 흐트러진다.

당하고만 있을 능이가 아니다. 능이의 푸른색 마가 적의 궁성 안으로 잠입해 사를 쳤다. 묘주는 왕을 궁성의 뒤쪽으로 피신시켰다. 능이는 왕을 더 쫓지 않고 졸을 옮겨 궁성을 에워쌌다. 짐작하지 못한 수다. 분명 묘수가 있을 것이다.

쫓고 달아나고 먹고 먹히고 공격하고 방어하고 내주고 얻는다. 고요하지만 장기판 위는 포성이 터지고 말발굽 소리가 요란하고 코끼리가 포효하고 전차가 달리고 병졸이 행군한다. 병졸의 행군을 상이 돕고, 마와 차가 앞서 길을 트면 포가 공격한다.

장기의 모든 말은 서로 협력해서 움직여야 한다. 한 개의 말이 독단적으로 움직여 공격하려 하면 적의 포진을 허물기 어렵고 오히려 전체 형세가 무너져 위태로워진다. 하지만 규칙이 절대적으로 들어맞는 건 아니다. 장기에 존재하는 수는 무궁무진하다. 장기는 저 넓고 빛나는 우주처럼 신비롭게 아름답다.

묘주의 왕과 능이의 왕이 서로 마주 보고 독대했다. 더는 달아날 곳도, 물러날 곳도 없다. 왕을 지키려던 군사의 희생이 컸다. 더 이상의 희생은 없다. 두 사람은 승부가 끝났음을 인정했다. 승자도 패자도 없다. 둘은 상기된 얼굴에 가볍게 미소를 띠고 있다. 장기판을 사이에 두고 치열하게 대결하고 나면 상대방에게 깊은 신뢰감을 품게 된다. 훌륭한 게임을 함께 만든 서로에 대한 존경 때문이다. 묘주와 능이가 서로를 향해 공손히 고개를 숙였다.

"마령, 한 판 둘까?"

명리가 내게 말했다. 물론 나는 거절하지 않는다. 장기판에 말을 세우고 차근차근 움직여 포진을 만든다.

창으로 비친 햇살이 장기판에 어른거린다. 집 안은 고요하다. 마당에는 여린 잎이 돋아난 나무가 가지를 가만히 일렁인다. 그 아래로 개 한 마리가 어슬렁거리고 있다.

나는 아침마다 결계를 치고 밤이면 집 안을 살핀다. 세계는 아직 무사하다. 동생과 친구들과 고양이와 거미가 있는 이 작은 세계가 나는 그리 나쁘지 않다.

나는 말을 들어 움직인다.

작가의 말

'예를 들면?'이라는 질문을 좋아한다. 어째서인지 모르겠다. 예를 들면 이런 이야기.

샨사의 소설 『바둑 두는 여자』에는 바둑 두는 사람들로 가득 찬 광장에 관한 묘사가 나온다. 바둑판을 펼쳐 두고 기다리면 누군가가 그 앞에 앉고 게임이 시작된다. 이름이나 나이 같은 것은 묻지도 궁금해하지도 않고 해가 질 때까지 오직 묵묵히 바둑을 둔다.

비슷한 광경을 나는 몇 해 전 종묘 근처를 지나다 본 적 있다. 나무 그늘 속, 바둑을 두고 그것을 구경하는 사람들이 공원 광장을 가득 메우고 있었다. 주로 노년의 남성들이었고 바둑판은 수십 개는 되어 보였다. 상상과는 달랐고 좀 싱거웠지만 잠시 눈이 가긴 했다. 광장을 벗어나자 한적한 길이었고 그곳에도 대적하고 있는 이들이 이따금 있었다. 주변에 구경꾼도 없이 마주 앉은 두 사람 사이에는 장기판이 놓여 있었다. 뙤약볕이 내리쬐는 길 위에서 그들은 말을 들어 옮기기를 지속했다. 멀찍이서 잠시 지켜보았지만 나는 별로 이해할 수 있는 게 없었다. 나는 장기를 둬 본적 없고, 둘 줄도 몰랐다. 나는 그 자리를 떠났고 이내 그 광경을 잊었다.

오랜 시간이 지난 뒤 한 소녀가 내게 말을 걸었다. 가령, 이런 이야기라면? 그리고 네 명의 소녀와 소년이 차례로 나타났다. 그들은 조금은 불안하고 위태로워 보이지만 웬일인지 절망도 낙담도 없이 묵묵히 이 세계를 견뎌 낸다. 그들을 둘러싼 세계는 완전히 어둡지는 않고 어린 고양이처럼 조금은 애틋하게 따스하고 부드럽다. 예를 들면 나는 그런 이야기를 쓰고 싶었던 것 같다.

로저 젤라즈니, 셜리 잭슨, 레이 브래드버리. 신비롭고 기이하게 아름다운 이야기들을 쓴 작가들, 나는 그들의 열렬한 팬이다. 낡은 집과 고성, 그곳에 사는 기묘한 존재들, 성에 사는 소녀들의 이야기에 나는 늘 끌렸다. 언젠가는 그런 소설을 써보고 싶다고 생각했다.

이 세계는 생각보다 덜 견고하고 상상보다 훨씬 더 위태로운 곳일지도 모르겠다. 세상을 간신히 지탱하는 것은 바로 일상이며, 지금 이 순간에도 일상을 유지하기 위한 수고로움이 있다. 그런 상냥함이 있어 불안한 지금을 견디고 불확실한 미래에 대해 완전히 절망하지 않을 수 있는 것이다. 자신만의 포진을 갖추고 그것을 무너뜨리지 않기 위해 한 발 한 발, 더 나은 쪽을 향해.

언제나 내게 가장 큰 힘이 되어 주는 내 부모와 자매들에게 고맙다. 그리고 훌륭한 조언과 다정한 격려를 해준 김도연 편집자에게 감사드린다.

2021년 이른 여름,

최상희

창비청소년문학 103

마령의 포진

초판 1쇄 발행 | 2021년 6월 25일

지은이 | 최상희
펴낸이 | 강일우
책임편집 | 김도연 최은영
조판 | 황숙화
펴낸곳 | (주)창비
등록 | 1986년 8월 5일 제85호
주소 | 10881 경기도 파주시 회동길 184
전화 | 031-955-3333
팩시밀리 | 영업 031-955-3399 편집 031-955-3400
홈페이지 | www.changbi.com
전자우편 | ya@changbi.com

ⓒ 최상희 2021
ISBN 978-89-364-5703-7 43810